沖喜是門大絕活 2

風文創 1247

茶榆 著

風文創
1247

目錄

第十一章

陸尚揹著紙、帶著錢，趕在晌午人多之前進了觀鶴樓，進去後他直接找上福掌櫃。

可巧，福掌櫃剛從外面回來，一看見陸尚，當即趕了過去。

「你總算是來了，這些天少東家問了好幾回呢！」

陸尚道了歉。「這些天一直在外頭走訪，好在也算有點收穫，這不一有苗頭，我就趕緊來找您了。」

「走走走，到上面去說。」福掌櫃親自引他上去。

等兩人坐下後，福掌櫃竟沒有先問及生意，而是小心問道：「前些天我本想去找一找你的，但走在半路碰上急事，不得不返回來。不過我聽見有人說，陸家村有個秀才，也是叫陸尚，敢問陸公子……」

陸尚沒有拆穿他拙劣的謊言，微微點頭。「正是在下。」

便是早有猜測，福掌櫃還是震驚了。待他再反應過來，更是難以理解。「敢問陸公子為何不繼續唸書，反做起了生意？」士農工商，商籍向來是排在末等，掌櫃不明白，陸尚放著好好的秀才身不要，為何自甘墮落來做商戶？就像他們少東家，為了能有參加科考的資格，只能將戶籍落在母家，這才逃開了商戶的身分，有機會上場科考。「陸公子可知，一旦入了商籍，那之前的秀才身就不作數了，且家中上下三代皆不可入朝為官，這不是捨本逐末嘛！」

陸尚根本沒想到，經商還有這等限制。

就算他沒打算再行科考，聞言也不禁感到詫異。「那我現在還是農家子，只要不入商籍，是不是就不受影響？」

「此言差矣，陸公子不入商籍的話，許多大生意是做不了的，畢竟這些生意都要簽契，文書要拿去衙門落章，沒有商戶證明，就落不下來的。再說還有商稅一事，不入商籍的話，公子怎麼算商稅呢？」

陸尚只好再向福掌櫃仔細打聽一番商籍之事。

原來在大昭境內，凡以經商途徑年盈利超過百兩者，皆需到衙門改入商籍，商稅按月繳納，二十稅一，比田稅的三十稅一略高一些。

至於經商的範疇，那可就多了。

大至商會，小至街邊小販，只要營收一高，除非躲躲藏藏不被發現，不然必少不得入了商籍，若因未入籍被人舉報，那除了需要補齊過往稅收外，還將面臨牢獄之災。

福掌櫃說：「若說完全沒有辦法，那也不至於。陸公子家中可有兄弟？」待得了陸尚肯定的回答後，又說：「你可以選一親近兄弟，將他從家中分出去，並獨一門入了商籍，你便可以他的名義行商，只需要每年給他一定的報酬即可。」

這種情況在許多地方都會出現，也是規避商籍帶來的弊端之最好方法。

雖說行商是比種莊稼賺得多，但這種時代，誰家不想出個讀書人？萬一一舉高中，但凡能謀上個一官半職，那可就真的從此改頭換面，跨身士族了。

福掌櫃說的辦法確實無不可，但對陸尚而言，並不合適。

陸家能分家出去單開戶籍的，也只有陸顯一個，而他與陸顯並無過多交情，且有王翠蓮在中間擋著，若真以陸顯的名義經商，只怕到頭來全是麻煩，還不知會出什麼大樓子。

陸尚想了想又問：「那若是入了商籍，還可以改回來嗎？」

福掌櫃皺著眉。「好像是有什麼條例，但這麼多年也沒聽說過，總歸不會是什麼簡單的法子，不然少東家如何會跟了母家的門戶？」

「行，我再好好想想。」陸尚接著說起這些天走訪各村的收穫，琢磨道：「我觀楊家的肉鴨應該是沒有問題的，觀鶴樓不考慮恢復與他們的供應關係嗎？」

福掌櫃搖頭。「話已經放出去了，斷沒有改口的道理。再說他家的鴨子好是好，總不是不可替代的，實在不行，我們就去鄰鎮進貨，與他們重拾合作是不可能的。」

「那好吧。還沒問過您這邊對肉鴨的要求？」

福掌櫃想了想，索性去門口叫來小二，讓他去準備一隻避風塘鴨來，回來後又解釋說：「店裡還有幾隻鴨子，不過已經放了好些天了，沒有現宰的新鮮，公子將就著嚐嚐。」

等待的時間裡兩人也沒閒著，陸尚又說起蔬菜和鮮魚的事，只可惜他們這裡的菜全是自己種的，從外面採購的成本再低，也不如自己種來得划算，陸尚只能無奈放棄。

就是這魚……

福掌櫃說：「我們店裡用魚的菜不多，平日裡就是直接在街上買，大批數量的採買用不到，也就是一些零散貨。」

陸尚說：「那店裡不考慮增加一些魚羹、魚煲、烤魚什麼的嗎？」

福掌櫃頓時樂了。「公子可真是每每都有新法子啊！說起來上回你給的那張滷菜方子我們試了，還別說，味道是真的好，比之前那家還要好，我們這才換上沒幾天，老主顧們都稱道。少東家說了，公子信任我們，給了我們方子，我們也不能叫你吃了虧。那方子的價值也不好估量，你看是一次性付給你三百兩，還是按分銷算，每賣出一份給你多少的利？」

陸尚沒想到還有這等意外之喜。

要說賺錢，肯定是拿分銷最合適，只要觀鶴樓在的一天，那他就有源源不斷的進帳，供給家裡的花銷不成問題。

但他還想要借觀鶴樓打開生意的路子，且原本他交出方子來，也沒想說多賺錢，能跟觀鶴樓的少東家套個交情就夠了。

思緒迴轉間，他很快就有了決斷。

「貴店信任我，願意給我個機會，還提前付了貨款，我也要對得起這份信任。那方子既然給了您和少東家，自然也就是你們的東西，福掌櫃要是想買個安心，那就給我二十兩吧，以後除了自家吃用，我肯定不會把方子說給第二個人。」

「那可不成、那可不成！」話是這麼說，福掌櫃卻是笑得眼睛都睜不開了。「可不能這麼占便宜……」

陸尚又跟他推託了兩句，最後以五十兩的價格將滷菜方子買斷。

而這無疑又給了他新的賺錢思路。「不知福掌櫃有沒有時間，我請您吃一頓全魚宴如何？」

「全魚宴？」福掌櫃反應過來。「就是公子剛才說的魚羹、烤魚什麼的？」

陸尚微微頷首。「正是。」

福掌櫃笑道：「陸公子想請我吃全魚宴是假，想叫我觀鶴樓大量購入鮮魚才是真吧？」

陸尚彎了彎眉眼，但笑不語。

而福掌櫃於這事上也不全然拒絕，若是陸尚做出的魚味道真的不錯，酒樓裡添幾道新菜也不成問題。

「那成，我就等公子消息了！」

「好，我和夫人正商量著搬到鎮上來住，等過些日子定下來，新居喬遷之日，便是請福掌櫃吃全魚宴之時。」

福掌櫃爽快應下。

正說著，避風塘鴨也好了，與之一齊送上來的，還有兩壺清酒。

福掌櫃親自介紹。「觀鶴樓的避風塘鴨以鹹甜口味為主，鴨肉外酥裡嫩，入口即化，滿口留香，配以香蔥、細糖更添風味，為防膩口。我們還搭了清酒，小酌怡情。」

動筷之前，陸尚先敬了福掌櫃一杯。

也不知為何，福掌櫃十分受寵若驚，連連應下，又吩咐小二多準備一份，招牌和炒菜、點心都備些，給陸尚帶回去。

既是為了諮詢對肉鴨品質要求而來，陸尚便仔細嚐了這道招牌。

怎麼說，不愧是觀鶴樓做大做強的底氣。

這鴨經多道工序處理後，全然沒了自帶的腥膻，而整隻鴨子從內而外全被特製的調料浸透，香而不俗，滋味層層疊疊，自有妙處。

陸尚仔細品嚐後，也稍稍摸出了店裡肉鴨的區別。

這鴨子能做好，除了大廚的本事外，當然也離不開肉鴨本身的品質，店裡的鴨肉三肥七瘦，正是足夠多的油脂，才能承受住長時間的烤製，又將油脂完全浸潤入瘦肉中。

賣給觀鶴樓的鴨子不光要嫩，還要肥，更要肥得恰到好處。

福掌櫃問：「陸公子可有想法了？」

陸尚擦去嘴邊的油花。「曉得了，我大概知道是什麼樣的鴨子才能入了福掌櫃和少東家的眼。」

「善！」福掌櫃快意道。

兩人酒過三巡後，福掌櫃眼中多了兩分迷離。

福掌櫃看著對面端坐的陸尚，忽然惋惜道：「可惜少東家回了府城，不然知道陸公子過來，一定要親自來見你的。」

「怎麼？」陸尚好奇。

福掌櫃傾身往前湊了湊，低聲道：「也不瞞你，我家少東家啊，雖是時時為家中生意奔波，可那心實在沒放在生意上，少東家他啊，仍是想著考取功名，入朝為官呢！你上回只留了家鄉，卻不曾說過自己已成了秀才，少東家後來才得知，可是後悔得不行，只覺得錯過了跟秀才討教的機會呢！還有你的夫人……這話好像不該說，但少東家其實也沒什麼意思，就是上次見夫人寫得一手好字，所以心生欽佩罷了。現在看來，原來是秀才公的娘子，難怪頗有才學。」

陸尚聽得好笑，再一次體會到了秀才身帶來的便利。

福掌櫃又說：「少東家說了，等下次跟你見面，一定要向你好好請教，若你能指點他過了鄉試，你就是他的大恩人，再生爹娘！」

陸尚一下子不知該接什麼話了。

眼看福掌櫃還要絮叨，陸尚可不敢再坐，他忙說：「這樣吧，時候也不早了，我還要趕回家裡，福掌櫃您看，今天要不就到這兒？」

「啊？這就走了啊？」福掌櫃拍了拍額頭，勉強清醒了幾分。他有些遺憾，但畢竟少東家不在，留著陸尚也沒其他事。他叫來小二，得知之前叫小二準備的東西都好了，便也不多攔。「那這些菜公子帶回去，也請夫人嚐嚐。」

陸尚道了謝，拎著食盒，從觀鶴樓離開。

辦完觀鶴樓的事，陸尚又去了牙行一趟，想打聽打聽這鎮上出租或售賣的宅子。

鎮上空置的宅子不少，但要找個處處可心的，那便要多費心了。

牙人問：「老爺是想租還是想買，心裡價位幾何？」

陸尚道：「租或者買倒是不定，價格也有調整的餘地，我就是想找個治安好些、位置也不錯的，最好能有兩、三間房，再帶個小院子。」

其實他還有更多要求，只是一次全說出來，恐怕也叫牙行為難，倒不如挑出幾個最重要的，餘下的另外再說。

牙人了然。「那這樣的話，我倒有四、五處可以請老爺挑。這其中一處是在臨近郊外的地方，宅子大也清靜，治安雖不如鎮裡，但雇上幾個門房也就解決了……」

等牙人一一介紹後，陸尚又選了其中三個，親自過去看了看。

最後陸尚交付了三十文的訂金，這樣等下回再來，就還是這個牙人負責，有些好的宅院也會記著幫他留意。

牙人歡歡喜喜地送他離開。「那我就等老爺的好消息了！」

回去的路上，陸尚又特意去了上回買膏脂的鋪子一趟，聽說又上了新的東西，專門用來搽臉的。

新上的膏脂價格不便宜，小小一盒便索價二兩銀子。

不過陸尚才用滷菜的方子換了五十兩，二兩一盒便二兩吧，他不光買了，還一下子買了兩盒。

而後便是街上的一些小食，專挑新奇的買。

陸尚也是最近才看出來的，姜婉寧於吃食上不挑，但更喜歡一些甜食，還有外觀好看精緻的，總能叫她歡喜幾分。

陸尚買了一包酥糖，又買了兩個用飴糖捏出的小玩意兒，最後便是一包裹滿砂糖的甜果兒，就此收了手。

這些吃食全被他藏在了背簍最底下，還有從觀鶴樓打包回去的兩份點心，也被他另外拿了出來。

等把這些東西都放置好，陸尚才出了塘鎮，找到在老地方等著的龐大爺，上車等待回家。

龐大爺一看見他就高興，便是他手裡一看就價值不菲的食盒，也不如陸尚本人來得有吸引力。

歸其原因嘛，自然還是為了他的寶貝小孫子。

牛車上沒有旁人，陸尚有一句、沒一句地回著，不知說起什麼，龐大爺卻是一臉羨慕。

「姜氏好啊，也是個會識字唸書的，還能幫著陸秀才你教教孩子，不像我家，婦人只能幹些雜活兒。」

陸尚心念一動。「龐大爺怎知阿寧識字的？」

「乖孫說的啊！」龐大爺坦然道：「他說有回見了你媳婦兒寫字，寫得可流暢了，可比他厲害多了。」

雖然他也知道自家小孫孫會寫的字不多，但姜婉寧能寫得流暢，肯定不是只會三、五十個。

陸尚試探道：「我有時也忙，要是叫阿寧教他們寫寫字……」

「應該的、應該的。」龐大爺渾不在意。「反正就是識識字，誰教都一樣。」要是他家有認字的，便是自己教都行。

不管怎麼說，見了他這副態度，陸尚鬆了一口氣。

後面龐大爺再問什麼，他的回答也熱情多了。

龐大爺問：「我們村有兩家也想送孩子來學幾個字，陸秀才你看還能收下他們嗎？」

「哎，不急不急，這事以後再說吧！」

龐大爺以為他是婉拒，雖然遺憾，但也沒再糾纏。

等回到陸家村，正是傍晚開始做飯的時候。

龐大爺把牛車趕進了村子裡，既是送陸尚，更是為了接龐亮。

今天一下午，兩個孩子全沈浸在《千字文》中，學得那是一個暈頭轉向、苦不堪言，出來時腦子都是懵的。

可龐大爺見到他這副模樣，不光沒責怪，反而更加高興了。

「哎喲這才對嘛，唸書哪有不累的，你該感謝師娘，這麼費心教你們……」

別管孩子高不高興，反正家長是高興了。

把這兩家送走後，陸尚和姜婉寧也一起進了家。

院裡有人，自然也瞧見了他帶回的許多東西。

王翠蓮坐在她房門口，眼珠子哧溜哧溜地轉著，昨晚的三兩銀子仍沒還回去，眼看這又動了歪心思。

然而這一回，陸尚根本沒往廚房走去，手上的、背上的，有一樣算一樣，全部帶回了房裡。

房門一關，外頭就什麼也不知道了。

等他把從書肆領回來的紙和特地買給姜婉寧的東西放下後，又喊她過來看食盒。

「妳看看有什麼喜歡的，我給妳留下來。」他又指了指旁邊的背簍。「裡面有酥糖和飴糖娃娃，從觀鶴樓帶的兩碟點心也給妳留下了。剩下的我便不知道妳喜歡什麼，妳自己來挑，等妳挑好了再拿出去。」

姜婉寧被他說得滿心歡喜，探頭挑了挑，又留下一份糖漬櫻桃肉。

陸尚笑她。「怎跟個小孩似的，光喜歡甜食？小心牙掉光，可有妳後悔的。」

姜婉寧不理他，高高興興去拿了飴糖，面上的笑意根本掩不住。

等高興完了，她才想起來。「這麼多東西，肯定花了不少錢吧？夫君是把觀鶴樓的生意談成了？」

「那倒沒有，是上次給他們的滷菜方子，店裡用著不錯，就花錢買了下來，以後那方子就歸他們了。這是賣滷菜方子的五十兩，路上買東西花了些，還剩下四十五兩多，全給妳，妳收好。

「再就是字帖的錢，黃老闆看妳寫得實在好，漲了價格，改成一兩銀子一張，這次又給了四張紙，想改成一旬兩張，要是有多的，另外給賞錢。妳看著寫就是，別傷了精神。

「還有鎮上的房子，我倒是看了幾處，各有優劣，等晚上我再與妳細說……」

這一趟下來，又是四十七兩六錢進帳。

姜婉寧將它們小心收好，和銀票放在一起。饒是這些錢比銀票少很多，但畢竟這才是切切實實屬於他們的，更叫人舒心。

至於書肆門口苦等代寫書信的百姓，陸尚早些還記得的，如今又是忘在了腦後，直到睡覺也沒有想起來……

等陸尚和姜婉寧再出去，院裡早坐了一群人。

大人們尚且表現得不明顯，可小孩的眼睛全黏在了陸尚手中的食盒上。

陸耀祖吞了吞唾沫，大聲問：「大哥，你又帶回什麼好吃的了？」

陸尚掃了他一眼，想到他待姜婉寧的態度，不禁冷笑一聲。「有什麼好吃的也沒你的分，這是我帶給你嫂嫂的，你問她願意給你吃嗎？」

「怎麼就沒有了……」陸耀祖不高興地嘀咕著，抓著筷子在桌上叮叮咚咚敲個不停，偏又不敢真逞威風。

陸尚把食盒放在桌上，而馬氏也把炒好的豆角端了上來。

馬氏炒菜和姜婉寧可不一樣，那是一點葷腥也沒有，就連雞蛋也不會放一個，一把豆角、一把鹽，那就是一道菜了。

還有兩個素菜，也是一樣的做法。

這幾樣菜一端上來，陸尚就全推到了陸耀祖跟前。「多吃一點，吃飽了才有力氣跟長輩頂撞嘛！」

陸尚也不偏心，三碟菜有兩碟給了陸耀祖，一碟給了陸光宗。

他甚至貼心地去拿了饅頭來，一人分兩個，保管能吃得飽飽的。

這番舉動下來，誰不說一句好大哥啊！

偏偏被差別對待的兩人一點兒都不覺得開心，只哭喪著臉，差點直接哭了出來。

陸尚招呼姜婉寧坐下，又喊了馬氏等人落坐，而後便是慢條斯理地把食盒裡的菜端出來，每拿一道，都要在陸光宗和陸耀祖跟前轉一圈，叫他們聞盡香氣。

旁人對他的做法多有不解，可略知一二的陸奶奶卻隱有猜測。

她張了張嘴，到底沒說出勸解的話來。

食盒裡的菜共有六道，除去姜婉寧提前留下的那份糖漬櫻桃肉，還有五道，每道都是觀鶴樓的招牌。

幾道菜擺上桌，眾人全是訝然。

坐在門口的王翠蓮也顧不得裝矜持了，一溜煙地跑了過來，扭屁股就要坐下。

卻不想陸尚忽然攔了她一把，客氣地問道：「二娘是不是忘了點什麼？」

「什麼？」

「昨晚給妳的三兩銀子，二娘打算什麼時候還呢？」

「不是，你還真叫我還啊?!」

王翠蓮這話說的，好像她多占理似的，換個弱勢些的，興許也就會就此作罷了。

偏偏陸尚不是這樣的人。

陸尚點點頭。「畢竟三兩也不算是小錢，還是麻煩二娘盡快還來吧，不然今天這頓飯……」

他沒說全，但未盡之言卻不難猜測。

王翠蓮被氣得嘴都在哆嗦，可前幾天的經歷告訴她，跟陸尚撒潑是沒有任何用處的，最後只會叫自己沒臉。

這麼一大桌子的菜，香得叫她心癢癢的，但若是要用三兩銀子換……

王翠蓮氣道：「我不吃了！」

陸尚並不阻攔，只淡淡應了一聲。

等王翠蓮走了，陸尚又看向陸光宗和陸耀祖。「你們兩個是不是也不吃了？」

他們倆可沒拿錢，饞得直擦嘴。「吃！」

「那你們徵得嫂嫂同意了嗎？她辛苦教你們唸書識字，你們不領情也就罷了，反而打翻筆墨，眼裡可有一點長輩在？」

陸尚的聲音很嚴厲，明明是坐著的，偏氣場一點都不弱。

兩個小的頓時不敢說話了。

而他教訓人，剩餘幾個也不會摻和進來自引怒火。

陸奶奶最多也只是說了一句。「認識到錯沒有？還不快跟你大哥、大嫂道歉！」

兩人對視一眼，陸耀祖還是不情願。

奈何陸光宗是個識時務的，他猛地站起來，先後衝著陸尚和姜婉寧鞠了躬。「大哥對不起，我不該弄壞你的東西！大嫂也對不起，我不該跟妳頂撞！」

有了他在前示範，陸耀祖也不敢堅持了，但他的態度不如陸光宗端正，又被陸尚糾正重新說了一遍，這才作罷。

等姜婉寧說了「沒事」，才算過去。

而因為飯前的這個小插曲，其餘人心有餘悸，對陸尚說話都小心了許多，也只有桌上碗筷碰撞時，才會發出幾分異音。

馬氏把女兒抱了出來，她挑了一隻手指大的鮮蝦，嚼碎了給女兒餵了一點，又沾了點湯汁，小心地點在女兒嘴裡。

姜婉寧一邊吃東西，一邊心不在焉地看著，不小心和小嬰兒對上視線，姜婉寧的眼睛一下子睜大了，像是被驚擾了一般，微微皺了皺眉。

用了一頓豐盛的晚餐後，陸老二帶著板凳去村頭嘮閒嗑，陸顯和馬氏帶著女兒回了房，剩下的幾個小孩也各有各的安排。

陸尚幫著收拾完桌子後，原本是要回房的，不料被陸奶奶叫住了。

只見陸奶奶面上隱有憂慮之色。「尚兒啊……」

「怎麼了？奶奶您說。」陸尚只好坐回去。

姜婉寧往這邊看了一眼，見沒她什麼事，便擦乾淨手提前回去。

只聽陸奶奶問：「你今天帶回來的這些菜，一定是花了不少錢吧？」

陸尚沒說「是」，也沒說「不是」。「怎麼了？」

卻見陸奶奶面上的憂色更重了。「我是見你這些日子花了好多錢，奶奶不是說這不好，只是你看，你也好久沒看書了吧？」

陸尚這才明白她的意思。

他想了想，選擇如實相告。

「奶奶，我之前就跟你們提過，興許就不繼續科考了，實在是我大病一場後，看清了許多東西。這科舉做官自然是好，可奶奶您有沒有想過，像我這般從偏僻山村裡出去的秀才，哪裡比得上大家族培養出來的？就算僥倖中了，也不知會被分去哪裡做個小官，那可就大半輩子都回不來了。

「再說了，就依我的身子，肯定還是要花大錢養著的。就算做了官，要是做個清官，那沒什麼收入，早晚會因為買不到藥而病死在官位上；要是做個貪官，哪天被發現了，還是逃不過一死！難道奶奶就想看我死嗎？」

「當然不是！」陸奶奶覺得似乎有哪裡不對勁，偏又尋不出什麼反駁的話來，她被唸著唸著，竟有幾分被說服了。「那你現在是……」

「我現在就是在做點小生意，想著先賺點錢，把身子養好一點，之後要是還想科考的話，再復習上場也不遲。」陸尚閉眼瞎說著。「這幾天我帶回來的東西是花了不少錢，但也有些是人家送的，就像今天晚上的菜，那家店有求於我，才送來討好我的。」

「這麼厲害呀……可你不是才開始做生意嗎？」陸奶奶有些懵。

「哎，這不是我有幾分做生意的天分在嗎？像我這樣簡簡單單就能考上秀才的，做生意肯定也不賴。好了，奶奶您就別操心了，我心裡都有數。」

陸奶奶無法。「那好吧，那你、那你可千萬別偷搶，實在掙不到錢也沒事，奶奶想法子養你，你可千萬不能進大牢啊！」

她的一番忠告叫陸尚很受用，眼中也存了幾分暖意。

「好，我都記著呢！」

「那你快去休息吧，在外面跑了一天肯定累壞了，奶奶不留你了，等明天早上啊，奶奶給你煮鴨蛋吃！」

「那敢情好，奶奶明天再去殺隻鴨子吧，燉鍋湯給大家都補補！」

「哎好，都聽你的。」

便是陸奶奶也無法否認，自從大孫子不唸書了，家裡的這個生活啊，可是猛一下子就滋潤起來了。

就這隔三差五的葷腥，可不是一般人家能有的。

陸尚把陸奶奶送回房，這好不容易說服她，可是費了一番心思。

等他回了房間，卻見姜婉寧提前準備了洗腳的熱水，還有擦拭的帕子等，一應俱全，備好在床邊。

她已經洗漱好了，正跪坐在床頭，手裡拿了一卷不知什麼書。見陸尚回來，她抬頭說：「夫君快來，泡泡腳休息一下吧！」

陸尚沒有拒絕，他褪去外衫，又把褲腳撩上去，雙腳踩進熱水裡的那一瞬間，他十分舒坦地呼出一口氣。

一回頭，只見姜婉寧已經放下書，眼睛一眨也不眨地盯著他。

「怎、怎麼了？」

姜婉寧笑道：「夫君不是要跟我說鎮上房子的事嗎？」

「喔喔喔，房子啊！」陸尚想起來了。他組織了一番思緒才說：「我今天看了三戶，都是矮子裡面拔將軍，在一眾房子中勉強合格，但又達不到好。

「其中一戶是在棠花街後面，是戶三進的院子，平日裡有衙吏巡邏，治安不錯，又在商街附近，要買賣些東西是很方便，但同樣的，因為臨近商街，平時會有些喧吵，周圍的鄰居也有些複雜。

「第二戶是在青園街附近，緊挨著鎮上的書院，周圍住著的都是本地居民，還有一些書生，倒是清靜，只是宅子有些小，只有兩間屋，帶一間廚房、一個小院，雜物沒處放，再就是價格偏高了點，和前一個比起來貴了五十多兩。」

姜婉寧原是對第二間起了興趣，一聽價格，瞬間歇了心思。

她問：「那最後一間呢？」

「最後一間是在縣衙後面的兩條街上，治安好，宅子也不小，足足有四間房，另有廚房和雜物房，院子裡還有一塊菜圃。」

這麼聽著，卻是符合了兩人最基本的需求。

「那是哪裡不妥呢？」

陸尚「嘖」了一聲。「按牙人說的，這間宅子的風水差了些。聽說二十多年前，這間宅子遭了匪人，一夜之間一家十幾口全死絕了，後面被一戶外地書生買去，那書生考上了進士，哪料回鄉探望親眷的時候，莫名其妙地死在了家裡。在他之後，陸陸續續又來了兩、三戶人，但不是丟了孩子，就是壞了生意，總之下場都不是很好。後來這宅子就沒人敢買了，才一直荒廢到現在。」

而且最重要的是，其中一戶原本也是入朝做了官，偏被人誣陷下了大牢，後來也是全家流放。

陸尚怕引起姜婉寧的傷心事，便將這最後一家隱去了。

牙人給他介紹也只是偶然，哪想陸尚還真去看了。

陸尚對這些風水之類的並不算迷信，但也持敬畏的態度，再加上還有姜婉寧在，若她避諱這些，索性也不考慮。

姜婉寧想了許久。「那這幾戶都多少錢呢？」

「第一家是二百三十兩，第二家是二百八十兩，最後一家只要二百兩。」陸尚寬慰道：「妳知道有這幾戶就行，等下次去鎮上，我帶妳去看看，或許就會碰上更好的了。」

下次去鎮上的時間也近，最多七、八天。

姜婉寧知道這事急不得，暫且應下。

說好房子的事後，陸尚想起另一件更重要的。

「還有一件事，今天我聽觀鶴樓的掌櫃說，若以經商的途徑年獲利超過百兩，就要改入商籍，阿寧知道這事嗎？」

姜婉寧終於想起來，這些日子被她忽略的事是什麼了！

她先是一怔，然後身子都繃了起來。「是有這回事，我竟忘了提醒你……幸好現在賺的錢還不足百兩，沒到改籍的時候。」

陸尚問：「我還聽說，商籍不能參加科考，但也有例外的時候，是能換回農籍或者其他嗎？」

「非也，入了商籍後，便再無改籍的可能了，除非是家中女眷嫁了人，那可以從夫家，至於我們……」姜婉寧搖了搖頭。「另外夫君說的參加科考，其實是有例外的。大昭律規定，若商戶對朝廷做出特大貢獻，可得特權，但就我所知道的，這種情況自大昭建國後，只出現過一次。

「那還是某一年江南水患，有一富商散盡家財，助江南府衙安置災民，後上報朝廷，皇帝為表彰其善心，方才開了先例——或許其子弟科考資格，或許其三代不降爵位。而富商選擇了後者，如今京中的淮安伯，便是那位富商的後代。」

先不說這等特大天災百年難遇，就是真遇見了，又有幾個商戶捨得散盡家財呢？律法是有特例，但其條件之嚴苛，根本不是輕易能達成的。

陸尚聽著，靜默不語。

姜婉寧有些緊張。「夫君改入商籍，那不光會失去科考的資格，便是如今的秀才身也沒了。」

她雖對商籍沒有偏見，可也清楚，秀才身對一個農戶來說有多重要。

這種情況陸尚在回來的路上就有了考量，如今不過是滅了他的僥倖心理罷了。

他靜靜地坐著思考。

姜婉寧也安靜下來。

許久過後，陸尚忽然說：「那便改入商籍吧。」

此話一出，姜婉寧倏地坐直了，她張了張口，卻發現震驚之下，自己根本說不出話來。

陸尚自嘲地笑了笑。「飯都快吃不起了，還想那麼多往後做甚？福掌櫃還說，可以把家裡的兄弟分出去，只叫他一戶入籍，屆時我便可以他的名義經商。只是我想著，這事到底不妥貼，還是算了。改入商籍這事還不急，我就是先跟妳打聲招呼，妳也好有個心理準備。當然了……」陸尚閉了閉眼，接著說：「阿寧要是覺得不妥，那我便再想別的法子。其實說到底，我也還不是太過肯定。」

姜婉寧這才收回幾分震驚，她蜷了蜷手指，問道：「夫君說……那因此丟了秀才身，就不覺得惋惜嗎？」

惋惜嗎？

這並非是陸尚考來的，他確實沒什麼壓力。

但在其他人面前，他不能這麼說，只能搖搖頭，免去解釋。

改籍這事太重大，根本不是一時半刻能決定的。

再說了，就算真要改，那是陸家全部改，還是單陸尚一人？

其中牽扯太多，尚有得掰扯。

為了這件事，姜婉寧一整晚都沒睡安生。

而提出此事的陸尚倒是心大，後半夜更是直接打起呼嚕，一覺睡到大天亮。

姜婉寧當然想討論個明白，但看陸尚的模樣，這等大事，真正有損的人都不著急了，她急什麼？

想明白這一點後，姜婉寧也把心放下了。

第二天，姜婉寧早早起來，順便叫醒陸尚，兩人一起出去練了健身體操。

練完後，陸尚喘得不行，可他捏了捏自己的胳膊，好像不似之前那般塌塌軟軟的了。

「也不知是健身體操的功效，還是我這幾天到處跑的功效……」他嘀咕了兩句。反正都是有了變化，也不追究到底是哪一個原因了。

陸奶奶如約煮了鴨蛋，另外還煮了兩個雞蛋，全都塞給了陸尚。

陸尚趁她不注意時，把雞蛋塞給了姜婉寧，又小聲說：「別忘了屋裡還有吃的，那櫻桃肉今天得吃完，再放就要壞掉了。」

姜婉寧同樣小聲回道：「好。」

把他送到門口，目送他的身影消失後，姜婉寧方才返回。

沒想到，陸奶奶琢磨了一晚上後，對陸尚放棄唸書改經商的決定仍覺不妥，可她說不動陸尚，只好改從他處入手。

這跟陸尚睡在一起的姜婉寧，便成了她的目標。

「婉寧啊——」陸奶奶笑吟吟地走過去，先問了聲好。等寒暄得差不多了，陸奶奶才問：「妳知道尚兒最近在忙生意吧？」

姜婉寧點頭應了一聲。

「哎喲，我這左思右想的，覺得這樣還是不妥，只是我老太婆懂得不多，也勸不住了。但婉寧妳就不一樣了，尚兒啊，他聽妳的話！」

姜婉寧實在不知陸奶奶是從哪裡得出來這結論的，一時間又是尷尬、又是訕訕，想不出要如何回應，只好默默地聽著。

「妳看妳能不能勸勸他，這生意可以做，但也不能一門心思地搞這些啊！這白日裡空閒的時候，或者晚上回來後，是不是也可以溫溫書？」

「應該……是吧？」姜婉寧吶吶地回道。

陸奶奶滿意了。「妳看，我就說嘛！那這樣，婉寧啊，等尚兒回來了，妳幫奶奶勸勸他行嗎？妳別說是我說的，就說是妳自己覺得，叫他多少也溫溫書，行不？」

姜婉寧猶猶豫豫地說：「好。」

得到她的答應，陸奶奶徹底放心了。

為了表達她的謝意，陸奶奶又去煮了一個蛋，說什麼也要塞給姜婉寧。「妳多吃點，把身子補好了，也好早點給尚兒生個大胖小子！」

姜婉寧怎麼也沒想到，話題竟會轉移到這裡！

再想她至今沒跟陸尚有過任何踰矩行為，這話更叫她面紅耳赤，只覺得從頭熱到腳，整個腦袋都在冒熱氣。

「我、我……我不吃了，我先回去了！」

姜婉寧就怕再待下去還有更叫她臉紅的，匆匆忙忙把雞蛋放回桌上，顧不得陸奶奶在後面的呼喊，一路跑回了房裡。

甚至因為這樣，她的心一整天都沒靜下來，連給陸尚縫短衫的時候，都因為走神而扎了好幾下，搞得右手食指上冒出好幾顆血珠。

第十二章

這天直到下了學，也沒見陸尚回來。

一開始姜婉寧倒也沒多想，可眼看天色越來越暗，直至天徹底黑了下來，仍不見他的影子，她這才覺出兩分擔心。

她心不在焉地用了兩口飯後，忍不住去了門口等。

這個時候還有陸續回家的村民，在門口看見她後，有的仍是避著，但也有三、五個抬手跟她打了招呼。

「這是陸秀才的媳婦兒吧？陸秀才這些天好點了嗎？」

「啊……是，好多了，您是……」

「我是村北的張家，妳叫我張叔就行！」

許是因為要打起精神應付鄉親的緣故，姜婉寧的注意力也跟著偏移了幾分，不會滿腦子亂猜陸尚的去處了。

然而等最後一個村民也回了家，陸老二家門口再沒有人路過，就連隔壁家的大黃狗都回了窩，周圍安靜得過分時，陸尚還是沒有出現。

姜婉寧忽然聽到背後傳來一陣緩慢的腳步聲，回頭一看，果然是陸奶奶過來了。

陸奶奶的步子有些亂，走近後的第一句話便是：「尚兒還沒回來啊？這都什麼時候了，怎麼還沒回來？他是去哪兒了啊……別不是路上出了什麼事吧？問題是，咱們都不知道他到底往哪邊去了啊！」

姜婉寧不知該回什麼。

沒有姜婉寧的應和，只見陸奶奶的焦慮越發重了起來。

陸奶奶在門口左右徘徊著，因為擔心，嘴巴也閒不住。「我就知道，不該同意尚兒做什麼生意的，就他那身子，哪裡扛得住啊……等他回來我一定要再跟他好好說說，還是唸書吧，唸書好，要不然怎那麼多大老爺都叫家中兒郎唸書？尚兒糊塗啊！」

陸尚糊塗不糊塗的，姜婉寧不曉得。

但她卻知道，陸奶奶這話根本不現實。陸尚連轉商籍的念頭都有了，又哪裡是三言兩語就會放棄行商的？

再說了……

姜婉寧無法違心地說，以前會比現在好。

就在陸奶奶快要忍不住去村口找人的時候，只見遠處的小路上出現了一點忽明忽暗的光點。

姜婉寧精神一振。「那是不是夫君？」

陸奶奶頓時伸長了脖子看去。

隨著小路上的那道人影逐漸接近，他的面容也露了出來。

「尚兒！」陸奶奶當即便是一聲呼喚，一路跑了過去。

姜婉寧雖然沒有動，可她緊緊攥了一晚的手總算緩緩鬆開了。她也分不清自己是驚喜多一點，還是後怕更多一點。

遠處，陸尚跟陸奶奶碰上後，他沒有停，攙著老太太繼續往家走。

等見了姜婉寧，他才抹了一把臉。「這一天可真是……」

只見他整個人都灰頭土臉的，也不知去了哪兒，弄了滿身泥，還渾身臭烘烘的。

偏偏他精神頭大好，整個人都散發著喜氣。

要不是有長輩在場，陸尚簡直想抱起姜婉寧轉上一圈。

陸奶奶沒注意他的情緒，聽了這話後還以為發生了什麼不好的事，心驀地一緊。「怎麼了嗎？尚兒你別嚇奶奶啊……」

「沒事沒事！我先洗把臉，進去再說。」陸尚只好先寬慰老太太，又哄她先進門。

院裡的人已經走得差不多了，只剩下陸曉曉和陸秋兩姊妹在牆角那邊，看模樣是在給雞崽兒餵食。

陸尚瞧見了卻也沒多說，徑自去井邊打了水，洗完臉還不夠，又舀了一瓢，直接從頭澆到腳。

陸奶奶當即大驚。「哎喲這怎麼行！這可不是要受涼了……」

然不等她把話喊完，就見姜婉寧已經拿了布巾過來，她還帶了一條大一點的薄毯，有心想給陸尚圍上，卻被他擺手拒絕。

陸尚只匆圇擦了擦臉和頭髮，直接在井邊坐下，才開口說起今天的事。

「今兒失算了，我去了葛家村，本來沒想再去別處的，不過在那兒碰見了一個半大孩子，正是我找了好久的人，後來跟他一合計，又往署西村和南星村走了一趟。倒也不是路遠路近的問題，主要是……」便是現在想起來，陸尚都覺得骯髒。「我去了幾個鴨舍，還去了幾個豬圈，結果正好碰見大豬發狂，被拱了一身的泥，就成了這樣。」

陸奶奶漸漸回過味來。「那就是……沒有壞事了？」

「也不算壞事，畢竟找到了我需要的人，還算值得，總歸是高興大過不高興吧。」陸尚說道：「就是害妳們擔心了。」

「沒事、沒事，只要人沒事就行……」陸奶奶聽了這麼一通，除了一點心疼外，倒也沒旁的心思了。至於她剛才還信誓旦旦地說要勸陸尚重新讀書的話，如今也被嚥回了肚子裡。

「那你吃東西了沒？奶奶給你煮點飯吧？」

「不用了，我半下午時把早上帶走的肉夾饃給吃了，現在這一身髒兮兮的，也吃不下東西，趕明兒早上再說吧。時間不早了，奶奶您也回去休息吧，我跟阿寧也回去了。」

想到他這一天繞了好幾個村子，陸奶奶也不忍心他再熬，又問了兩句，便先一步回了房間。

而陸尚卻沒有直接回房，他抬頭看著姜婉寧。「辛苦阿寧給我找套新衣裳吧，我出去沖個澡，現在這一身是進不了門了。」

「要不還是在家裡洗吧？我給你燒點水，你去屋裡擦擦，我在外頭等著就行。」姜婉寧猶疑地道，怕他大半夜再出什麼事。

「不用麻煩了，那妳先回去，我在牆頭隨便沖一沖。」

姜婉寧點頭。「好，我去給你拿衣裳和皂角。」

等把陸尚需要的東西都準備好了後，姜婉寧也不在外面逗留，趕緊躲回了屋裡。

而因為陸尚要脫衣洗澡，餵雞崽兒的兩姊妹也要避回去。

老實說，這一身被豬拱過的味道，可不是輕易能洗得掉的。

陸尚連著打了三、四遍皂角，才把身上的味道去得差不多，而頭上沾到的泥巴，更要用力搓揉才能清除乾淨。

他本想著速戰速決，早點回屋睡覺，結果到頭來還是折騰了大半個時辰，才算重新洗乾淨。

他甩了甩腦袋，趕緊穿上了衣褲，又端了幾盆水，先把地上的泥水沖乾淨，又把髒衣服泡進去，總算能回房了。

姜婉寧換了寢衣，正靠在床頭等他。

陸尚進門後先是左右聞了聞，確認自己身上沒有雜七雜八的味道了，方才上床。轉頭看見姜婉寧搽手的膏脂，他不禁頓了頓。

「阿寧呀……我能用用妳的膏脂不？」

姜婉寧不明所以，但還是點了頭。

而後便看見，陸尚在小盒子裡狠狠挖了一大塊，從臉到腳，但凡是露在外面的，全部塗了一層軟膏，偏要把自己弄得香噴噴的才算完事。

姜婉寧看得哭笑不得，只好說：「夠了夠了，已經很香了。」

「真的嗎？」陸尚可是忘不了今天下午漫天而降的臭泥，又是前後左右都聞了一遍，才算徹底安心。

他順著床頭滑下去，躺下的那一刻，大聲吐出一口氣。

姜婉寧好奇地看著他，想了想問：「夫君今天是找到獸醫了嗎？」

陸尚驚訝地看過去。「妳怎麼知道？」

「那不是你說的，碰上一個找了好久的人，前段時間又一直說想找個專業的獸醫嘛，難不成是旁的？」

陸尚嘿嘿一笑。「就是獸醫！」

他翻了個身，側過去看著姜婉寧，把今天的事仔細講了一遍。

原本他去葛家村是為了看他們村裡的養殖戶，據說同樣有鴨舍的幾戶人家就在葛家村。也是趕巧，其中一家的鴨子受了暑，正被人看診。

陸尚好奇地問了一句，才知那個黝黑精瘦的少年，竟然是世代給禽畜治病的，他雖年紀小，但也給村裡的雞、鴨、牛等看了好多年。

就像這叫好多養鴨戶頭疼的暑病，少年才來看了兩趟，開了幾副不值錢的藥，就治得差不多了，大半鴨子都恢復了活力。

聽說這事後，陸尚可是喜得不行。

陸尚等少年給鴨子診治過後，直接把他請去外邊，跟他說了想雇他做個專職獸醫，幫忙判斷禽畜狀態。

少年的家境也是一般，能給禽畜看病的人雖然不多，但不是必要時候，很少會有農戶捨得花錢給牲畜看病，靠著這門手藝，他一年到頭也掙不了幾個錢，還不如在地裡刨莊稼掙得多。

少年叫葛浩南，十四歲的小夥子，面對陌生人也是警戒得很。

還是陸尚先給了錢，一月一兩銀子，他才算相信了幾分。

陸尚跟姜婉寧說：「還別說，葛浩南年紀不大，給禽畜看病的功夫卻是學得精，我帶他去了幾家鴨舍，全說得頭頭是道。還有那發了狂的大豬，也被他一眼看出問題，按下後給解決了。若是以後常用他，一個月一兩銀子還是給少了。」

他對葛浩南頗是讚賞，連著姜婉寧都生了幾分興趣。

「那以後要是有機會，夫君帶他來家裡吃頓飯，逢年過節再給些賞錢，也算是收攏人心了。」

陸尚點頭稱是。

既然心心念念的獸醫找到了，姜婉寧又問：「那肉鴨的事是不是也解決了？跟觀鶴樓的生意算成了？」

「成了大半吧。」陸尚道：「福掌櫃不同意沿用之前楊家的貨源，我今天去葛家村看過，他們的鴨子品質也不錯，下回帶上兩隻，叫福掌櫃掌看一二，要是可行，那就算是成了。而且今天叫葛哥兒看過後，楊家的鴨子也沒有問題，到時候我再看看，能不能把他家的鴨子銷去其他地方，這便又是一筆生意。」

「那就成……」姜婉寧躺下去，雙手搭在小腹上，不禁輕喃一聲。「我都不敢相信，這段日子過得太順暢了。」

可不是？陸尚病好了，雖還是會猛一下子犯病，但平日裡瞧著康健了許多，無論是外出還是幹活兒，都有了精神。就連他跟觀鶴樓談下的生意，辛苦跑了這麼多天，也有了好結果。

而她不光開了個小學堂，還在鎮上的書肆賺了錢，即便在家裡還會受婆母刁難，可陸尚也幫她擋了絕大部分。

這一切不真實得……她都怕是在作夢。

陸尚說不出什麼寬慰的話來，只捏了捏姜婉寧的手。「睡吧。」

一夜無話。

轉天陸尚睡到晌午才起床，又等外面日頭沒那麼大了，方才出去。

他今天要做的事很簡單，去葛家村買幾隻肉鴨便結束。

真正的重頭戲，當是在明日。

他要帶著鴨子去觀鶴樓請福掌櫃看，要是能把生意定下，明日剩下的時間便是用來看房子、訂房子了。

為了這事，姜婉寧明天特意給大寶和龐亮放了一天假，且兩個小孩學了小半個月，也到了休息的時候。

小孩放假當然開心，只是一想到要有一整天看不見小夥伴，兩人又少不得依依不捨，站在陸尚家門口，牽著手說了好半天的話。

到最後連樊三娘都看不過去了。「行了行了，不知道的還以為你們就此分別，再也見不到了呢！等明天晌午的時候，姨姨請亮亮來我家吃飯可好？」

龐亮回頭看了爺爺一眼，不等龐大爺指示，他已然轉回頭去，高興地說道：「好，去姨姨家吃飯！」

「哎好好，好孩子，可比我家臭小子乖多了……」樊三娘就喜歡這樣斯斯文文的小男孩，越看越是喜歡，親自把龐亮抱上了牛車，這才揮手跟他說了再見。

等龐大爺趕著車走了後，樊三娘一拍腦袋。「對了！婉寧呀，等後天我給妳送一筐鮮桃兒過來，都是剛摘的，比上回的還甜！」

無論大寶還是龐亮，自唸書以來每天都要在陸家吃一頓飯，而姜婉寧和陸尚不光沒有收束脩，就是這頓飯錢都沒要。龐大爺家裡等著一次性給筆大的，而樊三娘就是隔三差五地給送點吃的。

就說她家的鮮桃兒，從第一次送來陸家後就沒斷過。

姜婉寧知道自己拒絕不了，索性也不多言了，爽快地應下。

到了晚上，姜婉寧寫完最後一幅字帖後，為了養足精力去鎮上，同陸尚都是早早上了床。

那日書肆的黃老闆給了四張紙，姜婉寧趕了一下，到現在也已全部寫好了。

但是依陸尚之見，便是全寫好了，也不好全交上去。

「物以稀為貴，妳要是給得太勤，黃老闆興許就覺得這字寫起來一點也不難，長此以往，少不得要壓價。還不如控制著數量，一旬最多三張，數量也就差不多了。」

而一個月三旬，那就是九兩銀子，若是只用作日常開銷，已經能支撐兩人一個月的吃用了。

雖然在姜婉寧看來，寫這些字帖確實不是什麼難事，但她對陸尚抱有一種特殊的信任，聽他這麼一說，便也全應了。

「那明天我就先帶兩張過去，過幾次再改成三張，然後就不再增加了。」

兩人最後盤點了一下明天要捎帶的東西，很快入了夢鄉。

有了龐亮的緣故在，陸尚他們再去塘鎮，龐大爺更是不會收錢，且看他們帶了一筐活鴨，為了保證路上一切順遂，還提前走了一刻鐘，至於那些沒趕上車的村民，便只能徒步去鎮上了。

書肆和牙行在一個方向，兩人便先去了觀鶴樓。

他們來得早，觀鶴樓還未到營業的時候，酒樓裡只有小二在打掃擦拭桌椅，還是其中一個見過陸尚和福掌櫃談生意的夥計把他們放進來的。

夥計弓著身說：「回公子，聽說少東家又來塘鎮了，福掌櫃趕去接少東家，要等會兒才能回來。」

陸尚挑了挑眉。「那倒是正好。」

夥計把他和姜婉寧引去樓上雅間，又給備了茶點，確定兩人沒了其餘吩咐，方才從屋裡退出去。

出門在外，陸尚和姜婉寧沒有多說什麼，品嚐了茶點後，便靜靜等著。

好在福掌櫃和馮賀來得很快，等了不過兩刻鐘，他們便回來了。

聽說陸家村的陸秀才過來了，馮賀表現得比福掌櫃還要興奮。

他三步並作兩步，興高采烈地闖了進去，張口就要喊「陸兄」，轉頭瞧見屋裡還有第二人在，那聲興奮又全卡在了喉嚨裡。

「陸陸陸、陸夫人……」馮賀靦覥地笑了笑，衝著姜婉寧拱手一拜。

陸尚不滿地敲了敲桌子。「少東家是忘了陸某嗎？」

跟在後面的福掌櫃不忍再看，忙跟上前，不動聲色地推了馮賀一把，又滿臉笑意地看向陸尚。「陸公子怎又來了？」

待幾人坐定後，陸尚開門見山道：「這回我是帶了幾隻鴨子過來的，都是從葛家村買來的，外看品質不錯，想請二位定奪。若是同樣覺得好，那我便跟他們商議定價，也好早早把合作定下來。」說著，他把旁邊的背簍推上前，移開蓋子。

裡面的鴨子撲稜著翅膀，立即瘋一般地想往外湧。

還好陸尚眼疾手快，又把蓋子合上去。

既是說正事，馮賀也正經了幾分，他起身湊過去，只打開一點蓋子，粗略瞧了鴨子的羽毛和個頭後，點點頭道：「且等廚房拿去宰殺了，我看看肉質，再看看做出的菜餚如何。」

「應該的。」陸尚並無異議。

很快地，福掌櫃親自把鴨子送去廚房。

而馮賀也終於有機會提一提關於科考的事了。

馮賀輕咳兩聲。「之前竟不知公子乃本地秀才，多有冒犯，還請陸秀才見諒。實不相瞞，在下下場數次，偏多次不中，也是自己不爭氣。如今有幸認識陸秀才，我又聽聞陸秀才乃是十里八鄉難得的神童，十四過童生試，十六就成了秀才，還是次次都一舉即中，實在是令馮某佩服。」

陸尚藉著喝茶掩飾面上的尷尬，並不好說那全是過去了，現在的他，只怕跟家裡學寫字的大寶、龐亮沒甚區別。

卻聽馮賀又道：「生意歸生意，私下裡能跟秀才公有兩分交情，那真是極大的幸事。今天馮某托個大，敢問秀才公是否願意給我指點一二呢？若我能考上秀才，願聘您做家中西席。」

馮家也算大戶，能做馮府的西席，可跟教幾個孩子識字大不一樣。

陸尚雖沒這個本事，但……他竭力忍著沒看姜婉寧，捂著嘴巴咳嗽了兩聲才道：「這件事……也不是不行。」不等馮賀高興，他又轉口道：「不過少東家也知道，我現在一心行商，之前書本上的東西也忘得差不多了，只怕教不好，反耽誤了您。但我認識一人，興許能幫上少東家一二。當初我能一舉考上秀才，便是因為那位的指導。」

「誰?!」馮賀雙眼放光。

「不可說、不可說。」陸尚高深莫測地道：「那位先生不欲受世俗叨擾，我只能把少東家引薦給先生，先生若是不願意，只怕我也做不得什麼了。還請少東家稍安勿躁，待我回去後，便將您的事告訴那位先生。」

峰迴路轉，也不過如此了。

馮賀按捺住心底的激動，起身行了大禮。「還請陸秀才美言！」

馮賀已經想好了，便是為了討陸尚的歡心，等會兒鴨子來了，無論好與不好，他都要收下，大不了他自己費心再採買一回，這次就全當賣個人情了。

卻不想，等現宰的鴨子上來後，無論是鮮肉還是已經做好的菜餚，觀其色、嚐其味，與之前並無兩樣。

馮賀大喜。「好！」

他當場就拍了板，酒樓的鴨子每月需八百餘隻，按照店裡之前採買的價格，單隻鴨子二十五文，至於實際採購價的高低，就全看陸尚的本事了。

一月運送一次，每個月的運送費在二兩左右，只要陸尚能把肉鴨價格控制在二十三文，那就又是一兩六錢的價差，粗略一合計，一月賺四兩銀子不成問題。

這個盈利聽起來不高，但這只是一樣菜、一家酒樓，往後慢慢擴大，還有得是賺頭。

「那之前的五百兩？」

福掌櫃說：「就算作預付的錢款，陸公子您先用著，等不夠了再算。」

「那就多謝貴店信任，待我回去了，定盡快將肉鴨送來。」

馮賀提醒道：「還有那位先生。」

「記得記得，少東家便等消息吧！」

眾人一番寒暄後，酒樓開店迎客，陸尚和姜婉寧也就此離開。

既然觀鶴樓每月的肉鴨需求量較少，那他們提前預付的五百兩就能用上大概一年，陸尚只需留出三個月的買鴨銀子，剩餘的錢款便能提前周轉了。

他拽了拽姜婉寧的衣袖，挑了挑眉。「那我們……去看房子？」

姜婉寧莞爾。「嗯！」

兩人先去了趟牙行，在牙人的帶領下，把上次看過的三間宅子重新看了一遍，也是趕巧，這回一下子就排除了前面兩間。

棠花街後面的那間門口擠滿了人，一問才知是左右兩戶鄰居打了起來，又是動刀、又是動棍子的，打得頭破血流，連官府都驚動了。

青園街的那間則是訂了出去，一家十二口一齊擠了進去，帶來的行李一直堆到門外去，院子裡更是站不住腳。

「……那要不，還是去看看縣衙附近那間吧？」姜婉寧惋惜道。

他們又繞去縣衙後，中途經過書肆，順便把寫好的兩張字帖交了上去。

黃老闆果然一勸再勸，試圖叫姜婉寧每旬多寫些。

而姜婉寧則牢記陸尚的囑託，不管對方如何巧舌如簧，她都是咬死了說：「寫不來了，便是兩張都費了好些工夫。我在家裡還有旁的事要忙，黃老闆要是覺得兩張太少，不合適，那我也只能放棄給您供帖了。」

「哎，別別別！」想起前天換來的三百兩銀子，黃掌櫃哪能放跑了財神爺，只好遺憾地應下來。

牙人在旁觀了這一切後，待陸尚他們兩人的態度更是熱絡了幾分。

「沒想到夫人竟也是識字的，可真是不得了！其實要論清靜、氛圍好，還是青園街那邊的房子最合適，無非是小了點，但您二位住，約莫也是不差的。可惜晚了一步，叫人家給搶去……不過我記得豐石巷那邊還有一處不錯的宅子，離青園街也不遠，您二位要是屬意，我帶您二位也去看看？」

「宅子多大？」陸尚問了一句。

「一間臥房、一間雜物房，沒有小院，但宅子後面有公用的灶臺，一套下來也才八十兩！」對自己吃飯的物件，牙人記得很清楚。

不等陸尚拒絕，姜婉寧已經搖頭了。

她抓著陸尚的袖口，眼巴巴地瞅著他。「換個大一點的吧……」

這同樣也是陸尚的意思。

牙人嘆息，只好再想想還有沒有其他合適的地方。

便是他們說了要去看看縣衙附近那間宅子，但他打心眼裡不覺得他們二人會買下那座房，畢竟誰願意住進一個霉運連連的凶宅裡呢？

卻不想，往這座赫赫有名的凶宅裡一走，姜婉寧還真動了心。

縣衙周圍的民宅不多，能像這間宅子一般大的更是少之又少，要不是因為過往那些傳聞，這宅子定是讓人搶著要。

上次陸尚趕時間，只是粗略看了看，這回才是仔細瞧的。

這座宅子東西廂各兩間房，東廂旁邊有雜物間，西廂旁邊有廚房，院裡開了一塊菜圃、一塊果園，另有一座小山和石桌椅，而在小山後面還有一口井，雖是荒廢多年，但仍能看見井底冒出的水流。

水井在鎮上可不常見，除了一些大門戶，尋常人家都是一條街共用一口井，離得近還好，離遠了吃水就要一桶一桶地往回挑。

最叫姜婉寧心動的，還是果園裡的那架葡萄藤，日後若是能打理好了，無論休閒還是納涼，都是絕佳的地方。在擠擠挨挨的鎮上能有這麼一塊地方，絕對是十分難得了。

上次有牙人在耳邊念叨宅子的過往，因此陸尚對這宅子也沒多上心，這次跟著姜婉寧看了一趟，才發現它的妙處。

他打早就想著跟姜婉寧分開睡，原本還為難要怎麼分，現在的東西廂各兩間，他倆正好可以在東廂一人一間，西廂拿來做書房和學堂。

而且幾間廂房也不小，隨便拿出一間來，都要比陸家的屋子大，到時屋裡除了能擺床和衣櫃外，說不定還能添一添案桌、梳妝檯什麼的，麻雀雖小，五臟俱全。

等他再轉頭一看姜婉寧的表情，便知道她是心儀了。

「小哥方便叫我們商量一下嗎？」陸尚問道。

牙人會意，主動退到院子裡，臨走前還帶上門，把空間留給屋裡的小夫妻。

屋裡，陸尚問：「喜歡這套？」

姜婉寧沒有掩飾她的心思，重重地點了點頭，只是顧忌著那些不好的傳聞，略有些憂慮地看著陸尚。

陸尚沈吟一二。「牙人說的那些凶事，我倒是不怎麼在意，這座宅子既處處合適，也不是不能訂下來，只是我之前瞞了妳一件事，怕妳後面知道了心有嫌隙，還是現在提前說給妳聽吧。」

「怎麼了……」姜婉寧一臉茫然。

「其實還是之前的事，這座宅子的某一任主人，曾經也入朝做了官，只是被人誣陷下了大獄，後來全家流放。我怕妳難受，上次就沒有說，現在既然喜歡上了這座宅子，這些事便也不該瞞著妳。阿寧再好好考慮一下，要是介意，我們再去找其他的。」

聽他將前因絮絮道來，姜婉寧不禁怔然。

屋裡到處都是灰塵，也沒有能坐的地方，陸尚正尋思著用衣袖擦個凳子出來時，卻聽姜婉寧小聲問——

「夫君會在意這些嗎？」

陸尚直起腰。「我都行，主要還是看妳的意思。」

「那便訂下吧，就這套了，不換了。」姜婉寧扯出一個笑，笑容很淺，消失得也快。她垂眸擺弄著手指，道：「我對那些風水之事倒不是很在意，至於之前……想必也只是巧合吧？這裡院子大，房間也多，位置還不錯，便是價格都很便宜了，對我們現在來說，應該是難得的合適。只要夫君不在意那些凶事，我也沒關係，這裡還是實惠些的。」

如她所言，能找到處處都適宜的房子，確實不是一件簡單的事。

一頭成年的牛尚且要百兩，一套鎮上的宅子才二百兩，還有那麼多間房及一個大院子，實屬可遇不可求了。

陸尚跟她想到一處去了，聞言不禁輕笑。

他想了想，又說：「之前那任流放的人家後來被翻了案，雖沒能官復原職，卻也被外放去了一個富饒之地做地方官，也算是不錯的結局了。」

外人都怕染了晦氣，那他們就試著沾沾喜，說不準過上個三年五載的，姜家的一眾人也能得以赦免，重回朝堂了。

姜婉寧被安慰到了，表情更是舒展了幾分。

既然確定要買這套房子，事不宜遲，也該抓緊時間辦理相關手續。

在得知陸尚夫妻當真要定下這裡，牙人可是驚掉了下巴。「真真真、真要這套了？不變了？那我可提前說好了，咱們牙行的書契一旦簽好，就斷不能反悔了，到時您要是不想要這裡了，也只能重新掛售，咱們可不退錢的。」

「確定了，辛苦小哥了，幫我們辦下房契吧。」

這座凶宅的房契就在牙行手裡，當初他們買下時，本是想撿個便宜，哪承想就此砸在了手裡，到現在已經不想著能賺多少錢了，只要不虧本都是謝天謝地，根本不會拖延半分。

陸尚他們沒有帶銀票過來，只交了三兩的訂金，還是姜婉寧用字帖錢付的，之後另要補一百九十七兩的房錢和二兩的佣金。

「那等明天我們來交錢，到時再去衙門過戶領房契。」

「好咧！」不管怎麼說，佣金是賺到了，牙人的態度很好，甚至熱情地介紹道：「您們需要幫忙搬家的嗎？咱們這兒免費幫忙搬家。」

「好，等把新宅打掃好了，我再來找你們幫忙搬一搬東西。」

所有事情都說好定下，外頭的太陽也斜下西山，天邊漫上一層彩霞。

今天的時間太晚，也無法再去採買什麼了，而他們這一下子花出去二百兩銀子，於日常上也少不得要節儉幾分。

兩人一邊往鎮外走，陸尚一邊慶幸道：「還好上次多買了幾盒膏脂，如今買了新房，後頭少不得要清貧上一些日子。我瞅瞅妳的手，比之前好多了吧？」

陸尚好歹還記得這是街上，沒有直接伸手去碰，只歪頭看了一眼。

只見姜婉寧手上的蠟黃已經褪得差不多了，指甲蓋上重新泛了粉色，翻手一看，五指修長纖細，唯有指肚圓滾滾的。

欸？

陸尚眨了眨眼，好像看見了幾個不甚明顯的小紅點，但不等他看個清楚，姜婉寧已經把手收了回去。

姜婉寧詢問道：「我們什麼時候搬家呀？」

「就這幾天吧，等回去了就收拾東西，明天來換房契時，順便打掃一間屋子出來，先住下了，再慢慢清理剩下的地方，待收拾得差不多了，我再出去看看怎麼給觀鶴樓把鴨子送去。」

觀鶴樓的招牌鴨已經斷貨大半個月了，也不差這一天、兩天。

只是陸尚想把「準時、快速」的招牌打響，因此最多到這個月月底，不光新房要收拾好，觀鶴樓的合作也要完美結束。

姜婉寧不知他心底的盤算，只一想到明日、後日就要搬家，實在是興奮。她想到會很快，卻沒想到會快成這樣！

「夫君……」她抓住了陸尚的袖口，可等陸尚看過來，又不知道要說什麼了，只好抿了抿唇，小心地把自己的手湊過去，牽住了陸尚的小指。

陸尚心口一跳，等再回神，已然將那隻柔軟的手攏進掌心中。

為了避免再生事端，他們沒把在鎮上買了房子要搬家的事說給任何人聽，直到吃完晚飯，所有人都回了房，陸尚才帶上二兩銀子，敲響陸奶奶的房門，閃身進去裡面。

姜婉寧知道他此行的目的，卻不清楚祖孫兩個是如何說的。

反正等陸尚回來後，他的表情並不輕鬆。

昏暗的燭火下，陸尚搖了搖頭。「奶奶不願跟我們走。」

「啊？」這個結果叫姜婉寧感到意外。

她在陸家這麼久，要說陸奶奶最在意的，無疑是陸尚了。

鎮上那房子的屋子多，便是帶上陸奶奶一起，三口人也很好安置。

依她的想法，最在意的孫子要搬走，老人家少不得為此積鬱，若是能帶上一起，興許還能好上幾分。

而且陸奶奶並非那等刻薄的人，就算之前她剛嫁進來時，也並未受到其過多的刁難，往後沒了王氏在中間挑撥，隔代人相處起來也會輕鬆很多。

她想著有陸尚過去做說客，陸奶奶多半是會同意的。

陸尚說道：「奶奶說，兒子還在，斷沒有跟孫子生活的道理。她雖不願見我們搬走，但我若是一定要離開，她也是攔不住的。她說跟去也是拖累，倒不如不去添亂。」

無論陸尚怎麼勸，陸奶奶都不肯跟他們走，最後他只能放棄，把二兩銀子給了她，補齊之前挪用的棺材本，再留下保證——無論什麼時候，只要奶奶您想我們了，隨時能去鎮上。若是您哪天願意搬去了，我們也始終歡迎。

老太太攥著銀子，默默擦淚，然而只要陸尚他們不改搬家的念頭，此事便無解，陸尚寬慰再多，也免不掉她難受。

聽完陸尚的轉述，姜婉寧沈默良久。

最後還是陸尚先說：「沒事，又不是不回來了。以後她要是想去鎮上了，我接她過去住兩天便是。現在想想搬家要帶些什麼吧？沒意外的話，等後天我們就走。」

這個家裡勉強能叫陸尚掛念的，也就陸奶奶一人，跟她說好要搬家後，其餘人說不說也就沒那麼重要了，當天搬當天知道也無妨。

兩人商量了一番，不打算從家裡搬太多東西走，除了一些日用的衣服、被子，什麼床鋪、櫃子都不帶，輕裝簡行，走也方便。

「我上次帶回來的雞、鴨、鵝、兔子要帶走，這樣等哪天吃不起飯了，好歹還有幾隻家禽能吃一吃。」

當然，這只是玩笑話，養著等吃不至於，但總不會留給王翠蓮。

說好後，他們找了兩條床單，平鋪在床上，再往上面擺東西，一些衣裳、被褥，再就是筆墨紙和書籍。只是沒想到把屋裡要捎走的東西都裝好後，也只堪堪裝出一個包裹。

陸尚聳了聳肩。「看來是不用找牙行幫忙搬家了。」

可不，就這麼一點東西，就算是添上院裡的家禽，到時候只需龐大爺拉上一趟，也就全部帶走了。

陸尚走到床邊，準備將床單繫起來。

姜婉寧忽然止住他。「等等，還有一件……」她聲音微頓，抓著短衫的手不覺用力了幾分。

陸尚轉頭看去，看清衣裳的模樣後卻有幾分不解。「那是什麼？我怎麼沒見過？是新——」他話音突止。

他記起來了，來到這裡後第一次去鎮上時，就是買了一塊同樣顏色的棉布。

但他無論怎麼看，姜婉寧手裡的成衣也不像女子的樣式，反而跟他常穿的短衫相似，連袖口的綁帶都差不多。

「我、我給你做了件新衣裳，做好有幾天了，一直忘了給你，就是不知道尺寸合不合適，你要不要試試……」姜婉寧小聲說道。

陸尚忽然有些手足無措。

他眼睜睜地看著姜婉寧走到跟前來，將新做好的衣裳抖開，又親自幫他穿上，仔細繫好了衣帶。

姜婉寧的手藝很好，用眼睛丈量出的尺寸也分毫不差，無論是衣領還是下襬，都妥貼得正正好，衣袖稍微有一點長，但也無傷大雅。

陸尚從銅鏡裡打量著，也不知是真好還是添了濾鏡，他越看越是喜歡，無論從哪個角度看都覺得好看。

甚至連他之前找專人訂做的西裝，也不如這一件短衫來得好。

「可真好看！」陸尚毫不吝惜他的誇讚。「阿寧手真巧，我從來沒穿過這麼好的衣裳，等下回我去談生意，就穿這一件了。」

姜婉寧被他誇得臉熱。「你穿著合適就好。」

等把衣裳換下來後，陸尚忽然想起什麼，眉心微皺，走到姜婉寧旁邊，不言不語地抓住了她的手。

「怎麼？」

陸尚湊近看著，果然在食指和中指的指肚上發現了幾個很小很細的針孔，那傷應該有幾天了，現在已經好得差不多了。

——他今天果然沒看錯！

陸尚問：「這是做衣服時傷到的？」

姜婉寧沒想到他會這樣仔細，一時間摸不透他的想法，只好如實說：「是我走了神，不小心扎了幾下……不嚴重，也好得差不多了。」

做針線時被扎兩下實屬常見，姜婉寧確實沒怎麼在意。

偏偏陸尚摩挲著她受傷的部位，半晌才說：「阿寧辛苦了。」

「啊……也、也沒什麼。」她有些羞窘。

陸尚沒有再說什麼，點了點她指尖上的傷，似乎是在開玩笑地說：「以後不再叫妳給我做衣裳了，妳自己的也不許，還是直接去買成衣吧。」

姜婉寧聞言不禁彎了嘴角。

她根本沒把這句話當真，卻不想在往後的數年間，除去極少數的幾次，她真的未再碰過針線。

、

陸尚和姜婉寧要搬去鎮上住的事，最開始是陸奶奶知道，然後因為大寶和龐亮也得放幾天假，因此他們兩家也知道。

至於陸家的其他人，陸尚出門也不是一天、兩天了，便是去鎮上，他們也未多做他想。

陸尚到了鎮上後，先是交錢拿了房契，然後便找牙行借了些水桶和抹布，在牙人的熱心幫助下，花一天時間打掃了一間屋子出來。

屋裡的床、桌等都是完好的，只是太久沒人住髒了些，先搬出去用水沖一遍，再拿抹布擦兩遍，便能抬回去使用了。

至於其他地方，家具破損的就丟出去，門窗漏風的就補上，反正後續還要進一步修整，暫時能住下人便夠了。

這天晚上吃飯時，陸奶奶明顯情緒低迷，才吃了兩口就吃不下了。她怕繼續待下去會影響大家的心情，遂起身顫巍巍地回了房。

當天晚上，陸尚把新拿回來的房契交給了姜婉寧，連帶著剩餘的銀票和銀子，總共剩下二百八十兩多。

其中二百五十兩還是銀票，另外三十兩則兌成了現銀。

最近他們花的錢基本上全是姜婉寧賺到的，本就不多的錢到現在也花得差不多了。

陸尚去錢莊兌了銀票，一部分交給牙行，一部分留著去買鴨子，再就是三十兩，盡數給了姜婉寧，一是補齊她前段時間的花用，剩下的就是用作日常開銷了。

姜婉寧沒有推辭，一貫小心地包起來，顧及著明日就要搬家，這回她沒有再放在什麼地方，而是隨身帶著。

第十三章

轉天到了兩個小孩來唸書的時辰了，仍不見家長送孩子過來，王翠蓮還納悶著，哪想沒過多久，龐大爺就趕著牛車到了家門口。

「陸秀才，我來幫你搬家了！」

這一聲喊，不光讓陸家人聞聲走了出來，就連左右兩戶鄰居都出來看熱鬧。

唯有當事人不緊不慢。

陸尚扛著最大的包裹，姜婉寧只提了一些零碎的小東西。

陸尚把所有東西都扛上牛車後，緊跟著招呼了一句。「二娘，快幫我把院子裡的雞、鴨都捉了，我也要一塊兒帶走！」

「喔——」王翠蓮答應完才反應過來。「不是，等等！你們要搬去哪兒啊？」

「鎮上啊！我沒跟你們說嗎？」陸尚一邊裝傻，一邊在院裡找了四、五個竹筐出來，專門用來裝雞、鴨、鵝、兔子的。

王翠蓮整個人都傻了，她懷疑是自己的記憶出了問題，偏偏回憶了好半天，也沒找出與之相關的記憶。

正好陸曉曉出來，當即被她抓住詢問。

「妳知道妳大哥要搬家嗎？」

陸曉曉搖著頭。

見狀，王翠蓮鬆了一口氣。

她這口氣鬆得莫名其妙，吐出去了才想起來——

「你根本沒跟我們說過啊！不是，陸尚，你哪來的錢搬家啊？還是搬去鎮上？」

這不光是她的疑惑，左鄰右舍看熱鬧的鄰居也同樣存疑。

陸尚並不願透露太多，叫姜婉寧先去牛車上等他，他則挽起袖子，親自抓鴨子、抓大鵝。

饒是他沒有經驗，耐不住這些家禽的生存空間小，還沒有轉個圈，已經被陸尚掐住了脖子，反手丟進竹筐，再蓋上蓋子。

等把最後一隻小雞仔也丟進筐裡後，陸尚拍了拍手，在院裡環顧一圈後，忽然大步走向水井。

只見他從井口裡拎出一個小筐來，毫不客氣地把裡面的桃子也拿了出來，一個不落地放去牛車上。

他還很客氣地問：「這桃兒是三娘給阿寧的，我帶走不過分吧？」

王翠蓮尚且停留在最初的問題上，大概是陸尚要搬家住到鎮上去的消息太過震驚了，她至今都沒能回魂。

陸尚也不惱，在她眼前晃了晃。「那好吧，二娘您別送了，我們這就走了。」說著，他轉身走向門口。

就在他一隻腳踏出門口的時候，身後總算響起咋呼聲——

「等等！陸尚你站住！你不能走！」

對於王翠蓮的阻攔，陸尚真是一點兒都不意外。

無論是真心還是假意，周遭圍觀的人全湊了上前。

有人默不作聲，也有人開口勸著。

「陸顯他娘，妳冷靜點，一家人有什麼不能商量的？坐下來好好說，別動手啊！」

王翠蓮才不管外人怎麼言語，她急忙小跑著，直到門口才停下，然後從陸尚身邊擠過去，反身張開雙臂，將大門完全擋住。

她虎著一張臉說：「不行！你不許走！」

比之旁人的緊張，陸尚倒顯得氣定神閒了，他仍然好脾氣地問：「為何不能走？二娘給我個說法。」

「你、你……」王翠蓮打了個磕巴。「你沒錢……對！你哪來的錢搬家，還是搬去鎮上？你肯定是偷了家裡的錢！」

此話一出，不等陸尚說什麼，旁邊看熱鬧的鄰居先噗哧一聲笑了出來，跟旁邊的人嘀咕起來。「你瞧瞧王氏說的什麼話，還偷了家裡的錢，她家能有這麼多錢？就是把家裡東西全賣了，也不一定能湊出個十兩、八兩吧？」

鄰居的聲音不低，恰逢周圍很安靜，便叫所有人都聽了去。

王翠蓮面上時青時紫，她忍不住回頭嚷了一句。「干你什麼事？就顯得你有嘴，會說話了不是！」

「嘿，惱羞成怒了吧……」被凶了的人嘿嘿一笑，躲去後面。

王翠蓮重新看向陸尚。「還有你搬走的那些東西！你憑什麼搬走？那都是家裡的，你不能帶走！」

陸尚的笑容淡了幾分，說：「二娘是不是看錯了？我帶走的東西只有衣服和被褥，再就是唸書時剩下的一些紙筆。衣服、被褥多是奶奶做給我的，二娘前些年給我做的那床褥子，我還留在屋裡。而紙筆書冊那些，基本上也是我用衙門的月銀買的，跟家裡沒什麼關係吧？然後就是那幾隻雞、鴨、兔，二娘不會忘了我上回說過的話吧？」

王翠蓮想起不久前的那場對峙，不禁打了個寒顫。

「那、那誰知道你有沒有帶走其他的？你萬一多拿了呢？不行，你得讓我檢查一遍，看你有沒有帶走多餘的！」說著，王翠蓮就要往牛車上去。

陸尚一個閃身，擋在她面前。「二娘做得過分了。」

不想這舉動叫王翠蓮誤會了，她當即一拍大腿。

「你看，我就說！你要是沒有多拿東西，怎麼就不敢叫我檢查？這肯定是心虛了！街坊鄰居們給評評理啊，這還有天理嗎？」她吊著嗓子吵嚷起來。「我嫁進陸家十幾年，兢兢業業地教養著繼子，如今他發達了，要撇下我們自己去鎮上享福也就罷了，竟還把家裡的東西都拿走！嗚嗚，我這命苦的喲，真是一腔真心全扔了啊——」

她這一哭喊，不光是左鄰右舍都出來圍觀，家裡的兩姊妹也走了出來，一左一右地站在門後，不知是不是要上前。

村民不知道她言語的真假，可陸尚夫妻要搬家是明瞭的。

「難不成陸家的真發達了？這可是搬去鎮上啊！鎮上的一座房子，再怎麼也要幾十兩吧？哎，那可是幾十兩欸……」

「我看倒不是不可能！陸家的從小就聰明，要不然怎就他能考上秀才，給家裡免了田稅、勞役不說，還給村長家掛靠了幾畝……」

說起這個，眾人免不了又是一陣唏噓羨慕。

陸尚看這一時半刻也走不了，索性也不費那勁了。他退後半步，歪著身子靠在門上，好整以暇地看著王翠蓮大哭大嚷。

被他那雙黑漆漆的眸子盯住，王翠蓮呼吸一滯，不覺打了個嗝，咳了兩聲後才又繼續，絮絮地說著她這些年的不容易。

容易不容易的，陸尚不好多做評判。

他只是在等，等一個能叫王翠蓮無心糾纏的人。

眼見家門口圍觀的村民越來越多，王翠蓮的哭喊聲也越來越大了。她一把鼻涕、一把淚，仔細聽一遭下來，無非是怪陸尚有了錢竟不補貼家裡，反自己搬去鎮上享福。

也虧得陸奶奶不願親眼看他們離家，早早就去了地裡，不然被這邊的動靜嚇到，少不得要被驚擾幾分。

正當有好事的人去田裡喊陸老二的時候，陸尚眼尖地發現，人群後面出現了一道鬼鬼祟祟的人影，再細一打量——他等的人這可不就來了？

「姊！」王占先睜著一隻眼，一瘸一拐地跑了過來。

王翠蓮還以為是自己幻聽，直到被王占先拽住了胳膊，她才驚喜地扭過頭去，一骨碌爬起來。「弟，你怎麼來了？等等！弟，你的腿怎麼了？」

王占先哭喪著臉，抬手時掩去眉間的一抹狠意。「姊，妳別說了，妳手裡還有沒有銀子……算了，咱們進去再說。」

王翠蓮自從看見這個弟弟後，就徹底把陸尚他們拋在腦後了。

她擦了擦臉上的淚，死死扣住弟弟的手。「好好好，這就進去！你慢點兒，這腿是怎麼回事呀……」

她這番前後反轉的態度，可是看呆了一群人。

趁著他們姊弟情深的時候，陸尚跳上了牛車。

臨走前，他衝著周圍的鄉親拱了拱手。「今兒叫大家看熱鬧了，等來日有時間了，我再回來看望諸位。」

「啊？喔，好說好說，陸秀才一路順風啊——」

莫管他們心裡是什麼想法，這表面上的工夫卻是做足了。

陸尚和姜婉寧便在一路的祝福中，悠悠地離開陸家村。

等牛車駛上小路，姜婉寧終於忍不住了。

牛車顛簸，她把著陸尚的胳膊穩住身子。「剛剛是怎麼回事呀？」

涉及家私，陸尚不好大聲宣揚，便只能貼著姜婉寧的耳朵，小聲道：「後面來的那人，便是王氏的親弟弟。我昨天去鎮上的時候正好撞見他，妳猜是在哪兒？」

這還是姜婉寧頭一次看見被王翠蓮放在心尖上的弟弟，除了知道他哪兒都好之外，其餘一概不知。

單從面相看，王翠蓮是有兩分尖酸刻薄之相的，然剛才匆匆看了一眼，她那弟弟反像個老實憨厚的。

誰知陸尚卻扯了扯臉皮說：「在賭坊門口。」

姜婉寧一下子瞪大了眼睛。

「原本我也不知道那是王氏的弟弟，但他正被賭坊的人追著打，被按在地上的時候喊了一句『我姊姊家的孩子是秀才』，還說了陸家村，我就猜出他是誰了。

「賭坊的人許是有所顧忌，雖打了他，倒也沒太嚴重，他那條腿也只是受了點不輕不重的傷，沒到折斷的地步。等賭坊的人都走了後，我在街上找了個小孩，問清他的確是王氏的弟弟，便透露給他，王氏手裡有至少三兩銀子，這不，今天就找來了。」

會被賭坊追著打的人，要麼是有仇，要麼是欠債。

王占先一個村裡的漢子，顯然還是後者的可能性更大一些。

姜婉寧了然，卻又有點擔憂。「賭坊的人……我總覺得不會是三、五兩能解決的，聽說王家的家境也只是一般，便是有婆母拉拔著……」

她沒說的是，她見過太多深陷在賭場中的人，無論這些人是執迷不悟，還是哭著喊著說再也不去了，偏沒有一人能逃過心底的貪念，自己受了害不說，最後還要牽連一家人。

陸尚安撫地拍了拍她的手背。「沒事，王氏手裡的錢不少，就上次被她要去的那三兩，也夠應付上一段時間了。」當初他用來給姜婉寧買身契的銀子，便是追了許多回，也沒能從王翠蓮手裡要回來。陸尚趕著搬家，便是拿不回來這錢，也不會叫王翠蓮白白得去。「等後面我會多關注著些，總不會牽連到家裡。」

王占先既已欠了賭坊的債，那要麼還錢，要麼還命，但該怎麼選，總不會是陸尚能替他決定的。

且他一貫看不起賭徒，不想著靠自己改變現狀，只將未來寄託在虛無縹緲的運氣上，而運氣，簡直是最靠不住的東西。

言語間，牛車也到了塘鎮。

往常龐大爺很少會把車趕進鎮裡，今日為了把車上的兩人送到家門口，特意在城門受了檢查，進城門後在陸尚的指引下去往新居。

龐大爺根本沒想過他們的新宅會這樣大，到了家門口時，他還左右尋找著。「我看這附近也沒有什麼宅子啊……」

陸尚率先跳下牛車，又扶著姜婉寧下來，然後揚了揚下巴。「這不就是了？」

「哪兒……」龐大爺順著他的視線看去，不出意料的驚呆了。「陸秀才，你、你說的不會是這、這、這……這個吧？」

陸尚笑笑，上前開了鎖，推開厚重的木門，又彎腰把門檻拆去。「這下牛車就能趕進來了，裡面應該勉強能停下。」

只見院裡全是破破爛爛的木頭家具，那都是陸尚前一天清理出來的。破損的家具占據了院子大部分地方，要是再把牛車趕進來，那院裡就真沒有能站腳的了。

龐大爺收起他的驚訝，探頭看了一眼。「那我快進快出，等把行李都卸下了，我再趕緊出來。」

新家周圍都是有鄰居在住的，這座荒廢多年的宅子賣出去了，如今又有了新人搬進來，鄰居們少不得要打探一二。

陸尚在幫著卸行李，姜婉寧有心幫忙，偏被陸尚擋了回去，她只好先退去門口，等著裡面稍微寬敞了再進。

見有鄰居觀望，她想了想，主動過去問了好。

有個嬸子很熱情，幾句話就跟姜婉寧熟絡起來，她捂著嘴說：「你們怎搬來這裡住了？莫不是牙行騙了你們？這座宅子啊……可不祥呢！」

姜婉寧笑笑。「這不是家裡銀兩不足嗎？在牙行看了幾處房子，也只有這裡的合適些，至於那些傳聞，我跟家裡不在意這些的。」

人家既然不信，她們一眾外人總不好一直提。

說話的那嬸子訕笑兩聲。「哎，我姓田，家裡開了間雜貨鋪子。你們是從哪兒來的呀？家裡做什麼的……」

等陸尚他們把裡面收拾好了，姜婉寧也知道了周圍七、八家的情況，什麼賣包子的、賣雜物的、做學徒的，雜七雜八，總之各家都有生計。

在得知新來的這家有個秀才後，一眾嬸子大娘皆是驚得不行，轉言再一聽，往後竟是要做生意，更是驚訝。

「怎就不繼續唸書了呢？唸書多好啊，將來能做大官呢！」

這是大多數人的想法，可還是那句話，畢竟不是自家的事，外人最多是嘴上說道兩句，真正能作決定的，還得是當事人才行。

龐大爺的牛車趕出來後，姜婉寧也要進去收拾新家了。

剛剛認識的許大娘熱心道：「你們先收拾著，等晌午我給你們送包子來，就省得你們再做飯了。」

「這會不會太麻煩了……」姜婉寧猶豫道。

許大娘一擺手。「這有什麼？鄰里鄰居的，又不是什麼大事。這互幫互助的，將來才能處得好，那就這麼說定了！行了，我也該去鋪子裡了，晌午見啊！」

許大娘之後，其餘人也相繼散開，便是有想去這座赫赫有名的凶宅裡面參觀的，也要等姜婉寧他們安置好才行。

陸尚少見姜婉寧跟外人打交道，也不知這會兒發生了什麼，她竟很輕易地跟周邊的鄰居打成了一片，這叫他又是新奇、又是歡喜，也不忍打斷，直到最後一人也散了，他方才走過去。

「這是交了新朋友了？」陸尚問道。

說是朋友也不盡然，畢竟剛才那些人裡，年紀最小的那位，看著歲數也是姜婉寧的兩倍大了，當作長輩也不為過。

姜婉寧點點頭，眼睛亮閃閃的。「我剛才聽說，林嫂家裡有在醫館做學徒的後輩，往後夫君再有個頭疼腦熱，也就方便了許多。

「田嬸家有間雜貨鋪，我看夫君做飯甚喜香料，到時候可以請田嬸幫忙留意著，以後若是有需要，也省得四處尋了。

「還有許大娘家開包子鋪，王大娘家是賣餛飩的，夫君下次出門來不及做飯，就可以在他們攤子上捎一份……」

就這麼一條街，十幾戶人家，姜婉寧很快就尋出便利來，這鎮上果然就是比村裡方便。

陸尚聽得窩心，捏了捏她的手腕。「那妳呢？」

「我？」姜婉寧不解。

陸尚問：「不想著我，單純妳跟她們聊天，可開心？」

姜婉寧遲疑片刻後，輕輕地點了頭。

那些人不知她的來歷背景，只把她看作尋常的秀才娘子，言語間頗是親暱，不跟村裡人一樣，十個人裡八個都有異樣眼光，好像她天生揹了一身罪狀，跟她說了話就要染上罪似的。

陸尚笑道：「那就好，這樣阿寧也有人能說說話了。」

姜婉寧莞爾。「那現在先去收拾收拾？」

陸尚點頭應是。

龐大爺幫到這裡，後面的事就不需要他了，他問好下次上學的時間，暫且定在十日後。因陸家村到塘鎮尚有一段距離，上下學的時間全部往後推遲一個時辰，到時再辛苦他去陸家村捎上大寶。

送走了龐大爺後，陸尚順便帶上了門。

兩人站在院裡環顧一圈，不約而同放棄了雜亂的院子，一前一後進到東廂裡，只先把睡覺的地方收拾出來。

有陸尚前一日的打掃，屋裡已經很少有塵埃了。

只是之前放衣裳、雜物的櫃子腐朽了大半，被陸尚一股腦兒地丟了出去，現在屋裡沒有能放雜物的地方，他們帶來的衣服、被褥也只能繼續綁在床單裡，往牆角一放，等著打好新櫃子來。

這時候就體現了姜婉寧新交到的朋友的用處了。

她語帶興奮地說：「我知道去哪裡訂！街尾的程嫂娘家就是做木工的，程嫂的爹就是老木匠師傅，我們可以找程嫂幫忙！」

陸尚被嚇了一跳，回過神來又莫名覺出兩分欣慰來。

「那訂櫃子、桌椅的事，辛苦阿寧去聯繫行嗎？」

「我？」姜婉寧指著自己。「應該可以吧？只是我不知夫君的喜好，或者你有什麼想要的嗎？」

陸尚搖頭。「全按妳的喜好來就是，我沒什麼需要的。不過妳可以打兩個書架，妳用一個，給大寶他們用一個，放個書本什麼的也方便。」

「好，我記下了。然後就是櫃子，櫃子就先訂四個吧，東廂的兩間房裡一間放兩個。再就是桌椅……夫君喜歡方桌還是圓桌？」

具。

「我都行，妳看著安排就是。」

陸尚全權放手，也想看看姜婉寧佈置出來的新家會是什麼模樣？

姜婉寧在屋裡轉了一圈，暫時定下這間屋裡需要的東西，旁邊那間也只想到了基礎家具。

陸尚補充了一句。「還可以打個梳妝檯，妳看妳喜歡什麼樣式的。」

等把需要訂做的家具確定好後，時間便到了晌午。宅子外有人敲門，打開一看，正是說好要給送包子的許大娘。

姜婉寧提前準備好錢，但對方說什麼也不肯收。

拉扯間，許大娘看見了後面的陸尚，奇道：「這就是秀才公了吧？」

陸尚上前打了聲招呼，似有若無地道：「您謬讚了，其實要論學問，還是我家阿寧學得更好，在她面前，我也是自愧弗如的。」

說完，他也不管對方有多震驚，禮貌地告了別，又重新合上大門。

簡單用過午飯後，兩人又回房繼續收拾了。

陸尚負責把比較厚重的褥子鋪上去，上上下下鋪了三層，然後就由姜婉寧繼續鋪床單，再把枕頭和被子擺上去。

陸尚有心提及分房睡一事，可看姜婉寧自然而然地鋪了兩人的床，不知怎的，到了嘴邊的話又嚥了回去。

他心裡想著，那就再等等吧，等把家裡全收拾好了，再說分房。

就這樣，分居的事又拖延了下去。

等把被褥都收整好後，為了安心，兩人又將臥房裡裡外外擦了一遍，趕在天黑之前，總算把這裡整理乾淨了。

待後面添了櫃子、桌椅等，新房便算修整好了。

後面幾天，兩人一心撲在新家上。

姜婉寧在第二天時就找了程嫂，跟她說出需求。因要打的東西比較多，又是街坊鄰居的，便得了一個優惠價。

四個櫃子、兩個大木箱、四個雜物架、四張圓桌、十六個圓凳，以及兩個書架和一個最新款式的梳妝檯，再贈一些小物件，總計十兩銀子，訂金三兩。

陸尚本想再去錢莊兌一部分現銀的，卻被姜婉寧攔下，只用了那三十兩的散錢。她已經算好了，這三十兩足夠把新家妝點好。

姜婉寧說：「剩下的銀票就先不動吧，留著預備做生意，別萬一夫君接了新生意，到時候拿不出錢就不好了。反正我在家也花不了多少錢，有個一兩就能生活得很好了。再說，這是我們的新家，我總該出些力的，便是現在花的這些，不也是夫君賺來的嗎？」

陸尚失笑。「那好，等之後手上富裕了，我再補給妳。」

第八天時，程嫂娘家人把訂做的家具都送了過來。陸尚和程家人把新家具搬去各個屋子裡，姜婉寧留下來付清剩餘的銀子。

程木匠的手藝很好，打出來的家具沒有一點異味，邊角的位置還做了磨平處理，拼接處也完全看不出痕跡。

尤其是姜婉寧的那個梳妝檯，小小一個檯子上，卻是打了十幾個小抽屜，梳妝檯下面還添了一個暗匣，專門用來藏些貴重首飾。

等把家具擺放好，近日新添的家用品也全擺上去，幾間屋子便粗略置辦好了，再剩下的也只是小院和廚房。

如今已是夏末，菜圃和果園來不及翻耕下種了，索性就先荒廢著，等之後哪天有閒暇時，再慢慢打理。

而廚房裡的灶臺等都是好的，只是做飯用的鐵具等需要衙門批，陸尚遞了條子上去了，但什麼時候批下來還是未知。

院裡的那口水井打理疏通後已經能正常使用了，家裡吃水用水更是方便，而在水井不遠處，就是從陸家帶來的那一批雞、鴨、鵝、兔。

話說回來，兔子的繁衍能力是真的強。

這才幾天沒注意，等陸尚再去看的時候，只見母兔已然大了肚子。

「那行吧。」陸尚也分不清是高興還是不高興，抓緊時間開闢了一塊新地方出來，把兔子和其他家禽分開。

至於陸尚想了好幾次的分居，他又換了新想法——

不是他貪戀溫柔不肯分，只是才搬來新地方，初來乍到的，驟然分了房，只怕阿寧會害怕，他也是為了叫阿寧安心，才壓下不提的。

反正有理沒理都在他。

隨著新家收拾好，一切也重新走上正軌。

原本該請熟人或街坊鄰居吃一頓喬遷宴的，只是觀鶴樓的肉鴨不好再拖，陸尚思量過後，決定等把這趟貨談好送完再辦。

便是席面他都想好了，屆時叫上福掌櫃、馮少東家一起，擺上一場全魚宴。

說起觀鶴樓，陸尚驟然想起一事。「阿寧，妳記不記得，上次少東家想請人指點一二，好考個秀才回來？」

姜婉寧想了半天，總算扒拉出一點記憶來。她對那位少東家沒什麼印象，卻依稀記得陸尚說過。

「夫君說……認識一個老先生？」

陸尚伸出一根手指，左右擺了擺。「非也，不是老先生。」不等姜婉寧發出疑問，他指尖一轉。「是妳。」

「我？」姜婉寧滿目的驚詫。「我怎麼會是老先──」未及說完，她驀然反應過來。

「夫君是說，想叫我指點他考上秀才？」而就在不久前，這話他也跟龐亮說過。

陸尚只關心一點。「阿寧可以做到，對嗎？」

「我……」區區秀才，姜婉寧自是無妨，只是這需要教導的人不一樣了，後面的諸多情況自然也不一樣了。

若只是給幾歲的幼童啟蒙，姜婉寧是絲毫不懼的，且小孩子是最好懂，跟他們相處起來，可遠比跟大人在一起輕快。

但要是把這學生換成了成年男人，她便有些遲疑了。

陸尚沒有強求，只是問：「阿寧是有什麼顧慮嗎？」

姜婉寧張了張口，她已經想了好幾個冠冕堂皇的理由，可到最後說出口的，卻是一句。

「我不想……」

陸尚面容一頓，卻很快收拾好表情。

他沒有問為什麼不想，只輕笑一聲。「那便罷了，等下次再見了他，我就回絕了，還是以妳的意願為主。」

偏就是這份體諒，又叫姜婉寧擰起了眉。

她想了想，復說：「上次夫君說，你是受了那位老先生的教導，才能一舉考上秀才，而我來陸家村才不到半年而已，這也不是什麼秘密，稍微一問就能問出來，那位少東家看我是個女子，萬一生疑去查了，只怕會產生誤會，反生了怨懟，那就不好了。若不然我們不見面，只透過書本、功課來交流呢？只是一個秀才，便是不見面也無礙的，還能叫他承了夫君的情。」

陸尚不覺眼睛一亮。「不見面也可？」

「除非朽木，自無不可。」

「那可實在太好了！」陸尚笑出聲，看著姜婉寧矜傲地微揚下頷，只覺她越發耀眼了起來。

但書本教授這些，能動手腳的地方太多，要叫馮賀信服，總要彰顯出三、五分水準來。

「我知道用什麼取信於他。」姜婉寧站起身，去床頭櫃子裡翻找片刻，將藏在最底下的一冊書取了出來。

等她帶著書回來，陸尚瞧著扉頁上的字，卻覺得有幾分眼熟。

姜婉寧道：「這是我抄寫的《時政論》，上面粗淺做了些批註，便是馮少東家看不出好壞，想必他身邊也有能看出的人。

「這些批註有些是父親講給我的，有些是我自己的淺薄見解，因當初沒想著送人，便全寫在這上面了。不過只看父親講過的那些，也非市面上的書冊能比的。」

姜婉寧解釋完，抬頭卻見陸尚驚訝地看著她。

來。

她不知對方所想，又怕對方誤會了什麼，放在書上的手往後縮了縮，下意識解釋了起

「這是給大寶他們上課的閒暇時抄的，亮亮受了他母親的叮嚀，每回來都要帶上，我有時無事，便借來抄了一份，原是想著……」原是想著，可以把書送給陸尚，那他以後再參加會試、殿試也比旁人多了幾分勝算。只是後來陸尚起了改入商籍的心思，姜婉寧摸不準他對未來的規劃，便也不好再提，批註好的手抄書也被壓在了箱底。而陸尚便是在櫃子裡翻找衣裳，也從來不會去看底下的紙筆書冊，自然也沒有發現多了這一冊手抄本。姜婉寧含糊了一句，又道：「再有誰用，也不必花大銀子去買了。」

陸尚卻並未體悟到她的言外之意，他把書拿過來，隨手翻了幾頁，整齊端正的小楷周圍，又用不同的字跡做了密密麻麻的批註，單是批註都比得上正文了。

「把這給馮少東家？」

姜婉寧點頭。「應是足夠了。」

「肯定是夠了呀！」陸尚說：「我的意思是，一開始就給他這麼好的東西，是不是太便宜了他？之前聽龐大爺說，光這書就找了好些人，花了足足十兩才買來的，如今又得了妳的精心批註，豈不是要值上百兩？」

姜婉寧打量著他的神色，好像確實覺得惋惜，她這才鬆了口氣，莞爾道：「不拿出誠意來，如何叫人信服呢？夫君瞧著要是合適，就把這給少東家吧。等後面亮亮再來了，我重新

抄一份就是，也費不了多大工夫。」

陸尚知道，學霸和學渣做功課是不一樣的。

要是叫他抄書、批註，還是連續兩遍，那他一定要抓耳撓腮，又煩又躁，恨不得把書全拆了。

可要是換成本就於學問一途有成就的人，抄書也好、批註也罷，多半就如喝水、吃飯一般簡單又習以為常。

顯然，姜婉寧便是後者。

但陸尚還是說：「妳自己多估算著，不要累到就好。這如今搬來了鎮上，要是缺了紙筆什麼的，妳就直接去買，不認識路便叫上兩個鄰居陪妳一起，之後再多多感謝對方就是。家裡的錢都在妳那兒，要是哪裡缺了、少了，妳看著調度就是，不夠了便找我說，我來想辦法。」

陸尚自認自己已是一家之主，什麼賺錢養家，便成了他的責任，犯不著再有第二人為此勞心勞神。

姜婉寧一一應了，又尋了一塊還算規整的布料，將批註後的手抄本包起來，隨手放在桌上，也方便陸尚隨時拿取。

這日，辰時一到，龐大爺便帶著兩個孩子準時抵達。

龐大爺從家裡捎了新鮮蔬菜來，分給姜婉寧一部分，另一部分則拿去集市上賣，借此消磨時間。

「那我就先走了，等晚上再來接他們。」龐大爺說道。

乍一下子從村裡來到鎮上，兩個孩子是又膽怯、又新奇，就連一貫膽大活潑的大寶也有些生怯，跟龐亮手牽著手，亦步亦趨地跟在姜婉寧身後，參觀他們唸書的新房間。

西廂的兩間房中，一間當作臥房收拾的；另一間就是給孩子們唸書的地方，裡面少了床鋪、櫃子等，只擺了方桌和書架。

方桌有大有小，一起識字時就去大桌，自己練時便去小桌。

而且姜婉寧還給他們每人準備了一套沙盤，不用時堆在書架上，若要畫畫或練筆畫了，就把沙盤拿下來。

因兩個孩子正是看什麼都新奇的時候，姜婉寧便帶他們四下去轉了轉，一起爬了假山，又看了假山後的禽畜。

隨後看快到晌午了，姜婉寧便帶著他們兩個出去買飯。

家裡的鐵鍋還沒批下來，這段時間也只能買現成的吃，偶爾有好心的鄰居給端點什麼來，也能將就一頓。

新家就在縣衙周圍，附近的攤販比較少，要買物美價廉的吃食，還要往兩條街之外的地方走去，田嬸家的雜貨鋪也在那邊。

街上人多眼雜，姜婉寧就怕不小心把孩子弄丟，只好就近尋了一家小鋪，買了四個素包、兩個肉包，包好後便原路回家。

卻不想，這一趟反把兩個孩子的好奇心徹底勾了出來。

一直到吃完飯午休的時候，兩個孩子還纏在姜婉寧身邊，你一句、我一句，句句不離出去玩。

「姨姨，我們什麼時候再出去呀？外面真的好熱鬧！」

「姊姊，等我們唸完書，可以再出去嗎？」

姜婉寧哭笑不得，卻又不敢真的應下，順便還要嚇唬一句。「這可不是村子裡，你們千萬不能自己跑出去，要不然碰上人牙子，小心把你們拐走賣了，那可就再也回不來了！」

「啊！」大寶驚呼一聲，扭頭看向龐亮。

兩個小豆丁用眼神交流一番後，不約而同地道：「不去了、不去了！」

很明顯，在姜婉寧沒注意到的時候，兩人才商量了偷溜計劃。還好胎死腹中，不然真出了什麼事，誰也承擔不起。

姜婉寧後怕的同時，只堅定了一定要把兩個小豆丁看好的決心。

就在姜婉寧帶著兩個孩子適應新環境的時候，陸尚也忙碌了起來。

塘鎮不大，出門在外難免碰上熟人。

陸尚是準備直接去葛家村的，誰承想才去車馬行租了車，一出門卻碰見馮賀。

或者說，還是馮賀先發現他的。

「陸秀才！陸秀才！」

馮賀這一喊可不得了，大半個車馬行的人都看了過來，就連剛跟陸尚簽好協議的車馬行管事都顯出幾分詫異。

陸尚滿臉無奈，只好叫等在一邊的車夫暫候片刻，而後拉上馮賀，先去外面說話。

馮賀一開口，果不其然就是——

「陸秀才，上回您說的先生？」

陸尚沒想著會碰到他，自然也沒帶那份批註過的手抄書。也不是不能回去拿，但就怕哪裡不小心露出端倪，反辛苦了姜婉寧的一番思量。

因此陸尚回答道：「說了說了，只是先生說還要仔細考量幾日，少東家莫急，靜靜等結果就是了。」

「哎呀陸秀才您不懂，這實在不是想不著急就能不急的，主要是我跟家裡放了話，說尋到了一位大儒，想叫我爹重新接管家裡的生意呢！您給我個準話，我也早做準備嘛！」

陸尚苦笑。「這⋯⋯那我這麼說吧，先生其實也是想收下你的，只是先生許久不出山，對於是否去你家還遲疑著，正好我這幾天在搬家，先生就說等我這邊安生了再去，到時再給我明確的答覆。」

聽了這話，馮賀只覺整個人都飄了起來。「當、當真?!」不等陸尚回答，他一拍手，道：「我今天就回府城，去找我爹！等我把家裡的生意跟我爹交接好了，我就回來專心唸書，爭取下次考試榜上有名！」

「哎不是……」陸尚想勸他別這麼激動，可馮賀正在興奮頭上，根本不聽陸尚說話。

馮賀原地轉了兩圈，回神給了陸尚一個熊抱，再一轉眼，已然快步離開了。

至於陸尚所在意的觀鶴樓生意，人家根本提都沒提啊！

馮賀不著急觀鶴樓的生意，陸尚卻不能不上心。

他在車馬行裡雇了一駕驢車，一天三十文錢，連驢帶車加上車夫，這一整天全聽他的調遣。

他乘著驢車先去了葛家村，找到上次收鴨子的那幾戶人家，稟明欲長期合作的來意後，當即便被奉為上賓。

幾家農戶沒想到會有這等好事找上門來，又是沏茶、又是煮糖水的，一群人全擠在一間屋裡，就等著陸尚給個好價錢。

家養的鴨子若是拿去集市售賣，多半是在四十文左右的。夏、秋鴨子多，賣得便宜點；春、冬肉鴨少時，賣到四十二、四十三文也不是不可能，要是村裡有人買，那更是能賣到

五、六十文錢。

什麼鄉親間實惠便宜，那是不存在的。

以至於當陸尚提出二十文的價格後，一群人全炸了——

「老爺您可別拿我們尋開心，二十文一隻鴨子，您便是四處走走瞧瞧，誰家會賣給您！」

「咱也不說要四十文，但怎麼也要三十文吧？咱們的肉鴨都是好料養起來的，跟旁人家的可不一樣……」

「老爺要是沒誠意，那咱們也就不談了，大不了我們繼續自找銷路，怎樣也不能把大家的辛苦賤賣了！」

陸尚並無反駁，只靜靜聽著，直到他們的情緒漸漸平息了，他才擺擺手，將他近來了解到的情況一一點明。

「鄉親們說的我都理解，只是這長期供貨，和散賣卻是不同的。單說穩定，就不是一隻隻零賣能比的吧？」

有人還要反駁。

陸尚抬手止住了他。「不如先聽我講？說完穩定，咱們再算算成本和利潤。署西村的養鴨戶大家都知道吧？也巧，我在他們那兒問了問，如今的鴨苗一文錢三隻，一千隻鴨苗也不過三百文左右，去除飼養途中死去的，這三百文買來的鴨子，最後怎麼也能剩下五百隻。」

而他這還是往最少數算的。「像署西村的楊家，他家養鴨苗，十隻裡面也只會死一隻，碰上氣候適宜的時候，整個鴨舍也沒多少損耗，所以真正費錢的只有飼料。」

聞言，有人心虛了些，有人卻還是嘴硬。

「那、那把鴨苗養大就不費錢了嗎？我們用的都是好料呢！」

「這就要說到鴨飼料了，莫急。」陸尚喝了口水，繼續道：「我之前也看過，葛家村的鴨飼料是摻了麥穀吧？我承認，麥穀是費錢些，但一般情況下，鴨子養到五、六個月就能出欄了，前一個月用不到麥穀，後面幾個月又是麥麩摻穀物，一天三頓算，一千隻鴨，一天的飼料也只二十文左右，合到一隻鴨子上，長成了頂多也才不過花四、五文錢。我算得可對？」

村裡的百姓或許不如他這般精通算數，可畢竟是養了這麼多年，一隻鴨子從出生到售賣，花銷幾何，他們心裡也有數。

且他們這邊的飼料摻的麥穀少，更多還是從周邊山上打來的草料，除了日常費些力氣，真涉及到銀錢的，其實並不多了。

陸尚笑問：「我給二十文的價格，諸位捫心自問，真的沒有賺頭嗎？且這可是與鎮上大酒樓的合作，非天災人禍，一旦定下來，那可就是一輩子的擔保了。」

對於村子裡的莊稼漢來說，他們所求不多，不敢奢望大富大貴，能保一世安穩、吃喝不愁就很好了。

便是有人還想糾纏，可總有那禁不住誘惑的。

「老爺說……跟大酒樓的合作是指？」

「觀鶴樓啊！」陸尚道。「鎮上的觀鶴樓欲換一批養鴨戶合作，我便是代他們來談這樁合作的。」

此話一出，動心的人更多了。

「老爺行行好，再給添點錢吧，可憐我們全家的心血都放在鴨舍上，全家一年的嚼頭就全在這上面了。」

陸尚故作為難，好半天才說：「二十二文，不能再多了。若是還不可以，那我也只能再去尋其他養鴨戶。畢竟我只是管牽線的，主家給的價格，我也作不了主。」

幾戶人家猶猶豫豫的，藉口商量走了出去，只留了三、五人在裡面作陪。

然莊稼漢也不會說什麼話，只好不停給陸尚倒茶、倒水。

最後生意成不成不知道，陸尚卻是喝了個水飽。

又過許久，出去商量的人陸續走了回來。

其中一人站出來說：「老爺，我們都答應了。」

陸尚放下茶杯，露出大大的笑容。

雙方都同意了，後面就是關於合作的具體事宜。

養鴨戶們原本還擔心運送的問題，可陸尚卻說：「你們只管把鴨子準備好，後面的運送全由我來負責，即便路上出了事，鴨子的錢款也不會少了你們的，酒樓那邊的損失也由我賠償。」

這等事大夥兒還是頭一回見，可相關條款都寫到了書契上，等後面去衙門蓋了章，便是受到了律法的保護。

「那我們真只管養鴨子了？」養鴨戶仍覺不敢置信。

陸尚再三保證，才終於叫眾人信了。

書契一式四份，養鴨戶一份，觀鶴樓一份，衙門備案一份，再就是陸尚自己留一份。

只是因他尚未轉商籍，去衙門蓋章的事還要先暫緩。

陸尚先付了這次鴨子的訂金，約定好最遲三日便來取貨。此番合計八百隻鴨子，下月同一時間，同樣的需求量。

葛家村的九家養鴨戶一同供貨，至於誰家出幾隻、拿多少錢，全由他們私下去商量。

陸尚等九戶人家全押了指印後，便帶上書契從這邊離開。

達成了合作的農戶們一齊送他出村，出去的路上，聽陸尚問及村裡的雞和其他東西，更是熱情地介紹起來。

等陸尚把書契送去觀鶴樓，叫福掌櫃畫了押後，天色已經暗了下來，他看了看時辰，便不打算再去做旁的事了。

趕巧，他回去時龐大爺也剛到。

看見陸尚從外面回來，龐大爺倒也不驚訝，熟稔地打了個招呼，又把車上剩了大半的蔬菜全留給他。那些蔬菜都是自家種的，悶了一天有些蔫巴，卻並不影響吃，把最上面那層菜葉剝掉，底下的仍舊水靈。

陸尚道了謝，樂呵呵地收下。

等回去後他和姜婉寧把蔬菜整理了一番，留下了兩天的量，剩下的則分成十幾份，全給周圍的鄰居送去。

東西不值錢，卻也算份心意。

是夜，兩人早早上了床。

陸尚習慣性地將一天發生的事講給姜婉寧聽，而後說：「我打算明天回陸家村一趟，一是為了戶籍，轉商籍這事拖延不得了，我得回去看看是不是盡快分了家，也省得拖累了一家人。再就是物流運輸單我一個辦不成，臨時找人總有不便，我便想著去陸家村找些，好歹也是知根知底的，出了問題也知道他家在哪兒，跑掉他一個，尚有家人在。」

姜婉寧沈默片刻後，輕聲問：「轉籍的事……夫君想好了嗎？」

大昭轉籍手續複雜，士農工商多是出生便注定的，偶有農戶、工匠躍身士族，可那數量也只寥寥，至於商轉士，近百年來也只一家，除此再無前例。

黑暗中，陸尚嘆了一口氣。「先顧眼前吧。」但凡他能識點字，又或者有一點科考的基礎，興許還會遲疑幾分，可科舉這事，對現在的陸尚來講，前途太過渺茫了。商戶在大昭的地位是不高，可若是能做成皇商或一方豪紳，在當地也可以有幾分話語權，便是後代有想入仕的，大不了學馮賀，把後輩的戶籍掛靠到親戚家裡。

姜婉寧便不再勸，最後添了一句。「到時也可以把奶奶接來住幾天，等辦完喬遷宴了，再送她老人家回去。」

「好，我記下了。」

屋內聲音漸歇，姜婉寧翻了個身，半睡半醒間，彷彿碰到了人。

新家的床比之前大了一倍有餘，再沒有之前擁簇，可要是半夜點了蠟燭來看，卻能一眼看出，兩人左右都留了空，反而是中間的間隔極小，稍微一動，就能碰上對方。

第十四章

轉天大早，陸尚乘著驢車回到陸家村。

他走了這小半個月，陸老二家卻是鬧翻了天，追其緣由，還要從搬家那天王占先的到來說起——

陸尚被王翠蓮攔在門口不許走，有好事的人去田裡找陸老二告狀。

初聽大兒子要帶著媳婦兒搬去鎮上住，陸老二也是懵的。

但陸奶奶也在旁邊，一聽這話，當即從田壟上站了起來，顧不得腿腳的痠痛，拽著陸老二就往家裡跑。

然而等他們到家時，陸尚已經離開了，看熱鬧的村民們也散了大半，只剩王翠蓮抱著弟弟在院子裡哭。

「你個混帳東西，你怎麼就敢去賭坊了啊！那裡的人都是不要命的，你還不上錢，這次只是打了你一頓，誰知道下次會不會要你一條腿、一隻胳膊，下下次會不會直接要了你的命啊！」

王占先被她唸得心煩，可為了她兜裡的幾兩銀子，不得不強忍著。「姊妳別說了，我已經把錢欠下了，除了還上，根本沒有別的辦法。不過姊妳放心，等下次我有了錢，一定能翻倍贏回來的！」

「你還贏回來！」王翠蓮氣得直拍他的後背。「你還賭、你還賭，你是不是不把自己的小命賭進去不死心？你給我去看看，那些賭博的人有幾個有好下場的？怎就你能例外？」

「不賭了、不賭了，我不再去賭了還不行！」王占先心裡罵她婦人短見，嘴上卻只能順著說。「姊妳先幫我把這次的錢還上，等把賭坊的人送走了，我一定老實種地，再也不去賭了！」

「當真？」

「當真、當真！姊妳還信不過我嗎？」王占先哄道：「姊妳先借點錢給我，等以後我有了錢肯定還給妳！」

「親姊弟說什麼還不還的？你是我親弟弟，我有了錢難道還會不給你嗎？弟你欠了多少啊？」

「六兩……姊妳有嗎？」

王翠蓮不禁倒吸一口涼氣。

她攢了十來年，也不過攢下十兩左右，便是加上前幾天從陸尚那兒騙來的，也堪堪十二、三兩，王占先這一要可就是要走一半啊！

「你、你等我緩緩，你……你怎麼欠了這麼多啊！」王翠蓮又嗚嗚哭了起來，一邊哭一邊捶他。

王占先只好左右躲著。「姊妳要是有就先幫幫我，妳也不想見我被打死吧？求妳了姊！姊妳先給我點銀子，就算沒有六兩，三兩總有吧？先借我點應應急吧！」

哪承想，等王翠蓮哭夠了，她說：「六兩是吧？我這次把錢給你墊上，可你要是再敢去賭——」

「不去了、不去了！姊我發誓，我發誓還不行嗎！」王占先的眼睛一下子就亮了，三兩步衝上去，抱住王翠蓮就是親。「姊，我就知道，我就知道妳有錢，姊妳對我最好了！」

王翠蓮破涕為笑，便是再生氣、再心疼，可這錢也只能掏。

可巧，這姊弟倆的對話，一字不落地叫陸老二和陸奶奶聽去了。

眼見王翠蓮真要去給他拿銀子，陸老二再也忍不住了，一腳踹開家門，氣勢洶洶地闖了進去。

王翠蓮被門口的聲響嚇了一跳，回頭看清來人，面上驀地閃過一抹心虛，她下意識把弟弟護在身後，扯出一抹牽強的笑。

「當、當家的，你怎這麼早就回來了？」

「我不回來？我不回來是要等妳把家裡的錢全給了王占先嗎?!」陸老二勃然大怒。

當天下午，陸家院子裡全是哭嚷聲。

一直到傍晚時，王翠蓮和王占先才跑了出來，兩人皆是形容狼狽，王占先被打了耳光，半張臉都是腫起來的；王翠蓮亦是披頭散髮，耳朵上的銀環被扯下去一枚，另一枚也將掉不掉。

可比起他們的模樣，兩人的表情卻是存了幾分輕鬆。

王翠蓮一邊跑，一邊催促道：「快跑快跑，揣好了銀子跑快點，不然叫陸老二追出來，你就沒錢還債了！」

王占先抓著沈甸甸的錢袋，粗略估摸著，裡面至少也有十兩！他樂得合不攏嘴，不過頃刻就把王翠蓮落得老遠，自顧自逃了。

而陸家家裡，陸老二抄著鐵鍬就要追出去，忽聽背後傳來驚呼聲，再一看，竟是陸奶奶氣急暈了過去。

他只好丟下農具，轉去揹起親娘，送回屋裡又是灌水、又是喊的，折騰了好半天，總算叫老太太睜了眼。

之後幾天，王翠蓮和王占先都沒在村裡露面，陸老二要照顧氣急攻心的陸奶奶，也只能一直守在家裡，便是田裡的活兒都只能交給陸顯帶著陸光宗和陸耀祖去做。

一日之間，家裡亂成一團，自然也沒人再有精力去找陸尚了。

這些事陸尚一概不知，還是進了村子，下了驢車，正巧遇上了旁邊的鄰居，一起往家走時，才被對方告知的。

陸尚早料到王占先會去大鬧一場，可這事要是牽扯到了陸奶奶，便非他所願了。

聽著聽著，陸尚的臉色難看了起來。

交談間到了家門口，陸顯三兄弟剛從田裡回來，幾天不見，陸光宗和陸耀祖都黑了一圈，蔫頭蔫腦的，從頭頂流下來的髒汗糊了一臉，全是一條條的泥印子。

陸光宗看見家門口站了人，剛想問「誰不長眼地擋人家門口」，話說了一半，抬頭就望見了陸尚那張似笑非笑的臉，他生生打了個嗝，後半句話全嚥了回去。

陸尚瞥了他一眼，沒有多追究，只問道：「奶奶生病了？」

陸奶奶生病的原因，這一家子全知道，那日王翠蓮和王占先幹的好事，兄弟幾個也知道得差不多了，如今被陸尚一問，饒是這事跟他們沒什麼干係，也不禁生出幾分心虛來。

要不是陸老二出來丟東西，兄弟幾個還要僵持著。

陸老二好幾天沒看見陸尚，猛一見著他還呆了一下，回神後忍不住問了一句。「你這些天是去哪裡了？你奶奶生病了知道嗎？」

「剛知道，這不就回來了？」陸尚說著，快步走到陸奶奶房間門口，敲了敲門。「奶奶，我是陸尚，我能進去嗎？」

只聽屋裡響起一陣凌亂的聲音，而後便是陸奶奶年邁的聲響。

「快進快進！真的是尚兒回來了嗎？」

陸尚沒有再應，推門走進去，叫陸奶奶親眼見著人。

只一眼，陸奶奶便落了淚。「真的是尚兒啊……」

陸尚幾步坐到她床邊，右手被陸奶奶包進粗糙的掌心裡，摸一會兒道一句話。「回來了就好，回來了呀……」過了好久，陸奶奶忽然想起來，問道：「婉寧也跟你回來了嗎？」

陸尚搖頭。「沒有，她還在家裡。大寶和龐亮要找她唸書，我就沒有帶她回來。」

此話一出，陸奶奶的眼神再次黯淡了下去。

——陸尚只一人回來，家裡又是小兒、又是媳婦兒的，顯然不會在家裡久留，恐怕便是一夜也不會留宿了。

陸奶奶病了好幾天，本就是氣急攻心之症，又沒有特意去請大夫，熬了幾天越顯面容灰白，本就不高的身量眼看著又縮了幾釐。

陸老二已經跟了進來，他雖沒有打擾，卻也在旁邊坐了下來。

但陸尚並沒有在意他，他反手握住陸奶奶的手，看似是商量，實則暗暗施了壓。「我還沒跟奶奶說，我這次回來，除了有些事要辦，另一個就是要接您去鎮上住些日子。」

「啊？」陸奶奶一怔。「不去不去！不是說好了，我不去給你們添麻煩嗎？尚兒啊，你別記掛奶奶，奶奶在家裡也挺好的。」

「奶奶您聽我說。」陸尚盡力勸服道：「我跟阿寧剛搬了新家，聽人說要辦一辦喬遷宴，叫家裡沾沾人氣，只是我倆都不太懂，就想請您過去坐個鎮。還有，我不常在家，光阿寧和兩個孩子在，我也不放心，您要是過去了，還能陪陪他們。」

「這樣嗎？」陸奶奶仍是將信將疑。

陸尚閉口不談她的身體情況，玩笑道：「阿寧說了，今兒我要是不能把您接過去，她就要罰我，要好幾天不許我進房睡了！奶奶行行好，就跟我過去住幾天吧，反正家裡還有爹在，肯定出不了什麼亂子的，是不是啊，爹？」

陸老二猝不及防被提到，他愣了一下，下意識回答。「啊是是、是——不對啊，陸尚，你還真搬去鎮上住了？」

陸尚對他的反應速度感到好笑，隨口應付了一句，轉頭又繼續勸陸奶奶。

「那這樣，您老人家先吃口飯，養養精神，我出去辦點事，等下午就回來接您，跟我一起去新家住。」

若是換做十幾天前，陸奶奶肯定還是要拒絕的。

可她這些天被王翠蓮傷透了心，在家裡多是抑鬱，躺了幾日腦子混混沌沌的，被陸尚忽悠了幾句，也就被矇住了。

陸奶奶吶吶地應下，被陸尚餵了小半碗白粥，又哄著睡下。

等把她這邊徹底安置好，陸尚才從屋裡離開。

不出意料，陸老二也跟了出來。

而家裡的其他孩子們，也不時在外面溜達一圈，似是在找什麼，實際全是為了探聽他們的對話。

陸老二的眉頭擰得死死的。「你為什麼搬家不跟我說？走了這麼多天，更是一次都沒回來過，你眼底還有沒有我這個老子！」

陸尚輕笑一聲，掩去眉間的一抹譏諷。「我搬得急，又是為了正事，來不及跟爹商量了，不過我有提前跟奶奶說過，還囑咐了奶奶跟你說一聲，誰知道卻出了那事……」

他不便明面指謫王翠蓮的過錯，可這點未盡之語，還是激起了陸老二對王氏的怨懟。

「這個賤婦！」

陸尚沒有在這上面過多糾纏，轉言道：「正好，我這次回來，先把奶奶接走住幾天，爹你也趕緊把家裡的爛攤子處理好，別等過幾天我送奶奶回來，又把她老人家氣著。」

「你光接走老太太？」陸老二的聲音升高了幾分。

「不然呢？我雖是搬去了鎮上，卻也只是租了一間破房子，一共兩個房間，其餘做飯、喝水都要跟別人共用一個廚房、一個水井，我便是想把你們都接過去，能住得下？」

聽了陸尚的這一番形容，陸老二心底的期待一下子落空了。

他一心想著跟陸尚去鎮上享福，如今一聽，真住過去了哪是去享福的，這不純粹是找罪受嗎？

鎮上又怎麼樣？區區兩間房，還沒有自己的廚房和水井，還不如他家裡來得快活了。

不知不覺間，陸老二的眉頭鬆了幾分，但他還是要板著臉訓斥幾句。「真是糟蹋錢！你便是住在家裡又怎麼了？何必去鎮上花錢？住的地方也不好！你從小就有自己的主意，這麼大的事都不知道跟家裡商量商量。」

「是是是，是我莽撞了，反正這事就這樣了，我已經交了一年的錢，房租也不能退下來了，這一年就不回來了。」

陸老二還想打聽房租是多少，偏陸尚轉言說起別的事了。

「還有一件事，我要分家。」

「分家」兩字一出，陸老二當即一陣恍惚。

就連從旁經過的陸顯都驚住了，生生停下了腳步。

不等陸老二火起，卻聽陸尚又說——

「我要去衙門把我和阿寧的戶籍獨立出去，不跟家裡分家產，只分戶籍。」

這話很大程度上抑制住了陸老二的火氣，他深吸了幾口氣後問道：「什麼意思？」

陸尚隨口瞎編道：「我搬去鎮上是因為找了一家主家，給他做工的，但他們那有要求，戶籍要落在他們家，不然就要被趕出去。我才預支了半年的工錢，被趕出來就要還錢了，可錢已經拿去租了房子，還是說爹你能幫我還上？」

陸老二如今一聽見還錢腦瓜子就嗡嗡的，想也不想直接拒絕。「我沒錢！你等著，我現在就把戶籍拿給你，你快走！反正只要我活著一天，你們幾個就休想分家產，老子還沒死呢！」

他罵罵咧咧的，回屋裡翻了個底朝天，總算在床底下把一家人的戶籍找了出來，隨手丟給了陸尚。

戶籍到手，陸尚便一刻也不願多留了。

「那行，戶籍就先放我這兒了，等我去衙門辦好了，下次回來時再給你們帶回來，那我就先走了。」

「你幹麼去？」陸老二粗聲問了一句。

這回陸尚總算沒有再隱瞞了。「去幫主家找幾個工人！」

陸老二一開始還沒明白他這話是什麼意思，直到他下午出門時，被幾個交好的老哥攔下，拍著他的後背直誇他生了個好兒子，陸老二還滿頭霧水，聽他們你一言、我一語的，費了好大工夫，才勉強釐清前因後果。

陸尚從家裡離開後，直接去了村口，把他要招工的事給村口嘮嗑的鄉親們說了說。他沒有提及什麼主家，只說是自己在做點小買賣，現在人手不夠，便想在村子裡招點人。

村裡的漢子們本就有去鎮上做勞工的，而陸尚招人做的事雖也是力氣活，但比起揹貨、拉車，已經輕鬆了許多。

他沒有說具體是什麼，只講了條件及工錢——

他只要有一把子力氣的男人，凡是給他做工的鄉親，按天算工錢，做一天就是八文，晌午再管一頓飯。

為了感謝鄉親們的支持，他這裡都是預付一半工錢，也就是當天的工錢早上先支付四文，晚上幹完了再給剩下的四文，要是以後生意好了，工錢還會繼續漲。

八文錢不算多，但鎮上最累的苦力，幹一天下來也才十五文，那些常年幹苦力的漢子們都是積勞在身，稍微遇上個陰雨天，往往會骨頭疼得站都站不起來。

有人擔心地問：「不是什麼累活、重活吧？」

「算不上，就是趕趕車，上下搬搬東西，不過東西也不重，一般情況下大半天就能做完，也是付一整天的工錢。」陸尚說：「我這邊的生意也是剛開始，不是天天都要用人，一個月也就三、五天。孀子們等回去了幫我跟鄉親們說一說，要是想做的，明天早晨去塘鎮的城門口等我，做上一回就清楚了。」

陸尚畢竟是土生土長的陸家村人，村民們便是將信將疑，也並不擔心會被他哄騙了。

陸尚掏出提前準備好的飴糖，手指大小的一塊，一人給分了兩塊，笑說：「我拿了點糖回來，孀子們帶回去給孩子甜甜嘴吧！」

有了飴糖賄賂，這些人上心了許多，陸尚才走，她們也三三兩兩地散去，不過一、兩個時辰，就把這事散得全村都知道了。

而陸尚沒有回陸家，卻也沒有離開陸家村。

他想到離家前姜婉寧曾提過，樊三娘的相公之前是在車馬行做雜掃的，他運送鴨子少不了車馬，走一走他家的路子，興許租賃車馬時能便宜幾分。

創業初期，陸尚還是很珍惜手裡的銀子。

他這次回來沒帶太多東西，也幸好大寶在他家啟蒙，這才叫他的到來不至於太突兀。

樊三娘的相公陸啟自辭了車馬行的活兒後，就一直待在家裡，平日幫著樊三娘做些家務，或去地裡刨刨莊稼，且他家種了大片桃樹，現下正是收桃的季節，他在家也能搭把手。

待陸尚稟明來意後，夫妻倆很痛快地答應了下來。

陸啟說：「趕明兒早上我就去鎮上，到時帶陸尚哥去我之前的那間車馬行，正巧我認識一個小管事，興許有用！」

「好，那就多謝你了。」

陸尚離開時正看見他家堆在院裡的鮮桃兒，每個桃子都是又大又紅，水靈靈的，瞧著甚是討喜。

他隨口問了一句。「現在的桃兒好賣嗎？」

陸啟苦了臉。「嗐，別提了，今年氣候好，桃子長得也佳，但長得好的又不光是我們一家，別人家也是一樣。往年一斤桃能賣到三文錢，今年兩文都難賣。」

家家有本難唸的經，莊稼人折騰一年，也只求來年有口飯吃。

陸尚沒有再多說什麼，從他家告別離開。

這四下走了一趟後，天色也不早了，趕驢車的車夫在村子外等了一天，他又不常來陸家村，陸尚也怕趕夜路出什麼事，便決定現在回去。

等陸尚回到陸家，陸奶奶已經坐在床邊等著了。

她睡了一覺才反應過來自己答應了什麼，又是喜、又是惱的，甚至懷疑自己是不是病糊塗了，夢見了大孫子回來？

就在她回憶到底是真還是夢的時候，陸尚的到來叫她手足無措，張了幾次嘴也沒能說出話來。

陸尚沒有在意她的狀態，看她身邊還空著，索性自己動手幫她收拾起東西來。「衣裳就帶三、五件吧，還有被褥也要帶上一套……奶奶您看還缺什麼，我都帶上。」

陸奶奶惶然地搖著頭，眼睜睜看著陸尚把常用的東西全包進包裹裡，收拾好後拎著包裹就走，走了沒兩刻鐘又回來。

陸尚說：「我把東西先送到車上，也跟陸顯說要走了，等爹回來了，叫他跟爹說一聲就行。奶奶，咱們走吧。」

陸奶奶顫巍巍地站了起來，一個不留神，直接被陸尚揹了起來。

後面在村裡遇上了熟人打招呼，陸奶奶也從一開始的拘謹，到後來大大方方地說：「哎，去跟大孫子住幾天！」

等他們回到鎮上的新家，太陽剛好落山。

兩個孩子已經被龐大爺接走了，今天下午時，縣衙的衙吏送了鐵具過來，兩口鍋、兩把刀，還有一些零散的鐵勺等。

大昭的鐵具不得私下販賣，但只要往衙門遞了條子，批下後的價格並不高，衙吏送來的這些也只要了二百文。

可同樣的，若是哪家想藉著低廉價格大量囤積鐵具，衙門都有備案，只要一查就知道，寬鬆些的只是拒掉條子，碰上風聲緊的時候，全家被抓進牢裡審問也不是不可能。

姜婉寧把鍋碗瓢盆都洗刷乾淨，整齊地擺放好，剛想把院裡稍微規整一番，就見陸尚和陸奶奶回來了。

她當即放下手裡的活兒迎上去，又接替了陸尚的工作，站在陸奶奶手側，小心地扶她進了西廂。

虧得當初多準備了一間臥房，便是裝修得簡陋些，可要住下人還是無礙的。

陸奶奶自從進來後就處於失言狀態，她萬萬沒想到，陸尚他們在鎮上的新家會這樣寬敞明亮又講究。

這等好地方，實是她一輩子都沒見過的。

考慮到老人家一路舟車勞頓，陸尚來不及做飯，直接去外面買了吃食，他買了餛飩和米粥，這是給陸奶奶的，然後還要了一些燒餅，則由他和姜婉寧分食。

在他買飯的空檔裡，姜婉寧也幫著把西廂收拾好了，被褥鋪上床，再就是衣裳疊整齊放進櫃子裡。

她還把自己屋裡的茶壺和水杯拿了過來，裡面倒好涼開水，以防老人夜裡渴了。

陸奶奶看她忙活，很不好意思，偏自己腿腳還沒恢復，實在幫不上什麼忙，只能等姜婉寧俐落地幹完後，趕緊叫她過來歇歇。

初來鎮上的第一晚，陸奶奶滿是忐忑，幸虧孫子、孫媳太貼心，她吃好喝好後，很快睡了過去。

轉天清早，陸奶奶醒來時陸尚又已不在了，姜婉寧在廚房簡單做了點蔬菜粥，粥米熬得軟爛，正適合養病時吃。

而早走的陸尚則是一路直奔縣衙，在衙門開門的第一時間就去了戶籍更改處。

得知他一個秀才竟然要入商籍，大半個衙門的人都過來看熱鬧了。

師爺勸了好幾次，見陸尚仍不改主意，只好依他。

唯一一點坎坷，便是更換商籍後師爺叫他確認一下，可新戶籍上的字格外潦草，陸尚看了半天也沒認出來，只好再請求師爺幫忙確認一遍。

師爺很不解。「你不是秀才嗎？」

陸尚訕笑兩聲，不敢多言。

好在改換商籍這事並不麻煩，待他從陸家獨立出來，按了手印，衙門再給蓋了章，除去他的秀才身，這事也算是完成了。

他原想瞞著家裡人的，想想到底也不是長久之計，等今秋衙門收田稅的時候，陸家的免稅權沒了，家裡大概也就知道了。

改好商籍後，陸尚從衙門離開，他捏著修改後的戶籍，緩緩吐出一口氣。

等陸尚匆匆趕到城門口時，很容易就找到了簇在一起等候的陸家村眾人，包括陸啟也在其中。

許是對他一個書生改行做生意不信任，陸家村只來了十三、四人，其中有兩個還是上了點年紀的老漢，顯然不符合陸尚所要求的有一把子力氣。

但他想在今天把觀鶴樓的生意結束，因此粗略掃視一圈後，便不再多言，只把人都招呼過來，過了城門，直奔車馬行而去。

有陸啟在前說道，加之陸尚訂的車馬多，之後又會多次合作，所以原本五十五文一天的大板車優惠至五十文一天，陸尚他們又不要車夫，便再便宜了五文。

他這次要的是兩頭驢子拉的一輛車，後面的板車比尋常車馬都要大出去一倍，尋常人家少有租賃，車馬行也不常碰上這樣的單子，只偶爾有鏢局過來租一、兩個月，或者是從外地來的行商車馬有所耗損，才會在他們這兒補給一二。

因此，車馬行也沒有備著太多這樣的車。

好在陸尚也沒有要太多，僅僅五輛，他們這兒湊出來四輛，管事又去旁邊的商市裡湊了一輛，五輛車合計二百二十五文。

等把驢車收整好了，下一步便是去葛家村拉鴨子。

陸啟幫著談完交情，原是要折返回家的，但他好奇問了一句，聽陸尚說就是去村裡把鴨子拉回來，最多是上下車搬搬鴨子，聽起來確實不算什麼重活，他心念一動，索性也跟著去了。

如此，等再次出塘鎮時，便是五輛車並十四個人。

可惜會驅車、趕車的只有三個，為了避免後面的人落下，陸尚只好叫人牽著驢子走，兩、三人一車，輪換著休息。

而他也如約在開工前付了工錢，一人四文，剩下的結束再補。

別管後面要做的是什麼，實打實的銅板到了手裡，這一行人的心思也落實了，便是趕路時都多盡了幾分心，驅著驢子走時還找了幾根菜葉子，吊在前面引其加快腳程。

這些村民只能算作臨時工，陸尚便少與他們說明生意上的事，便是後面上下運送鴨子時有人問，他也巧言帶過了。

第一次給鎮上的大酒樓供貨，葛家村的養鴨戶們唯恐哪裡未能周全，反叫合作中斷了，挑出的鴨子都是最好的，送走之前還特意給牠們沖洗了鴨羽上的泥污。

整整八百隻鴨子，陸陸續續送上了車。

陸尚跟他們清點過價錢，合計十七兩六錢，現銀當場就付清了，負責這事的村民葛家輝又自掏腰包，從中拿了一錢出來，欲充作陸尚的辛苦費。

陸尚笑著拒絕。「我領了觀鶴樓的間人費，自沒有再拿鄉親們錢的道理，咱這生意都是明明白白的，不走私下那些。」

如他所言，這一趟算下來，光間人費就有將近二兩銀子，再加上他從中賺取的差價，又是二兩多，就算減去人工成本，這一天下來，也有四兩的收入了。

而在陸家村，陸老二幹一年的農活，也不一定能賺到這麼多錢，更別說可以存下了，不然王翠蓮如何能十幾年才存了十兩？

葛家輝這才作罷。

陸尚又拿出隨身攜帶的書契。「還有這書契，已經可以拿去衙門蓋印查證了，我怕你們等得急，就先送來。你們先看過，若沒有問題，過兩日我便去衙門的商部扣印，過幾日再給你們送來。」

葛家輝不識字，趕緊叫了同村的書生過來，聽他唸過了，面上的滿意之色越深。「好好好，多謝陸老闆！」

而旁邊等著出發的陸家村人，看著之前那個陰鬱寡言的陸秀才，驟然變得能言善道起來，不禁嘖嘖稱奇，奇完又少不得感嘆一句。「怪不得人家能給鎮上的老爺做工。」

從葛家村離開時，葛家輝帶著他的大兒子送了一筐鴨子過來，只言是叫陸尚嚐個新鮮，若是喜歡，以後再給。

農家人自己養的東西，陸尚拿起來就沒那麼大的心理負擔了。

陸尚笑吟吟地受了。

然而等葛家輝回去後，卻在自己腰間的錢袋裡摸出一百一十文錢，剛好對得上他送給陸尚的那一筐鴨子。

葛家村的養鴨戶們如何暫且不談，另一邊，陸尚叫車隊先停在路邊，靜候不久後，便見一個半大少年從葛家村跑出來。

陸尚當即站起來。「葛哥兒！這邊！」

葛浩南聞聲看去，黝黑的面孔上閃過一抹不易察覺的喜色，不過頃刻就到了驢車跟前。

陸尚指了指車上的鴨子。「就是這些，你仔細檢查過，看有沒有病鴨、老鴨，別送去了主家才發現問題，到時不光是我，便是葛家村的養鴨戶們也要吃掛落。」

葛浩南悶聲不語，點頭後，便徑自走過去。

車上八百隻鴨子，全被竹筐關著，竹筐摞起四、五層高，又全靠麻繩緊綁著，眼下要檢查，便只能重新卸下來。

幹活的人聞言有些不高興，剛要嘟囔兩句。

陸尚當即冷言問：「難不成簡單裝卸一趟肉鴨，便能拿錢了？一天八文錢，一個月就是二百多文，一年就是三兩，哪裡有這等好活兒？不如也介紹給我吧，我還費什麼心？」

心有不願的那人當即閉了嘴，老老實實地跟著把貨卸下車。

陸尚只管盯著，並不幫忙。

前面的人往下搬著鴨子，葛浩南就在後面尾隨著檢查，兩相配合著，等全部檢查完也只過了半個時辰。

葛浩南做完他的事後，幾步跑回陸尚跟前。「都好，沒有問題。」

「不錯！」陸尚喜道，這才又吩咐工人說：「把鴨子都裝回去吧！小心不要磕到、撞到，要是有鴨子死在半路上，那往後便不再用你們了。」

別管是真是假，此話一出，工人們只好更添幾分小心。

至於陸尚偏要折騰這麼一回，還是因為葛浩南出自葛家村，叫他在自家村裡檢查，沒事還好，若真查出了什麼問題，到時不光養鴨戶難堪，只怕葛浩南也要受些白眼。

陸尚拍拍他的肩膀。「行了，剩下的就沒你什麼事了，你且回家候著吧，等下次用你的時候，我再找人給你傳話。」

葛浩南遲疑片刻，抬頭打量著陸尚的神色，見他不似作偽，這才小心應下，告了別，重新跑回村子。

陸尚之前說做工是管一頓晌午飯的，可如今是在路上，鄉間也沒有路邊小攤，便只好叫大家稍忍片刻。

他說道：「要吃飯的等把肉鴨送到了，我就帶你們去吃；不願意跟我吃的，那就把飯折成銀子，一頓飯合五文錢。你們自己選。」

五文！

這下子，便是餓得肚子咕嚕叫的人也不嚷嚷著要吃飯了，一群人全選了錢，就差跟陸尚作揖說感謝。

時值晌午，一群漢子卻鬥志昂揚，陸尚在後面熱得直喘，而前頭拉車、扶竹筐的卻沒有一點難色，更是幾次加快腳程，把陸尚落下一大截，被他喊了好幾回，方才把速度慢下來。

到後面，陸尚緩和了些，他追上前跟押貨的漢子說話。「你是許家二哥吧？二哥這力氣還真不是蓋的，辛苦了這麼久，都不見累。」

許家二哥撓撓頭。「這才到哪兒啊！昨兒我娘跟我說，陸秀才的活不累，我還不信，今兒來了才知道，確實不重，錢又多，多虧我聽勸過來了，不然可要後悔死！」

陸尚擺擺手。「我虛長你兩歲，叫我陸哥吧。你可還認識其他打零工的鄉親？過段時間可能還有這種活，你也可以介紹他們來。」

「娘家舅舅可以嗎？」許家二哥欣喜道。「我舅是隔壁村的，他只比我長了七、八歲，長得又高又大，可比我有力氣多了！」

「也行，不拘陸家村的，只要幹活賣力，人老實些的，都可以試試。其餘人也是，要是有相熟的，都可以過來試試看。」

坦白講，這十幾個人押八百隻鴨子已經足夠了，再添人手不一定能提高效率，反徒添成本。

可是陸尚的成算從不只在觀鶴樓上。

他假裝沒有看見旁人似有若無的打量，輕笑一聲，復說起一些農家逸事，再時不時提醒兩句小心，這一路總算安穩走了下來。

傍晚時分，押送肉鴨的車馬入了塘鎮。

等他們抵達觀鶴樓時，觀鶴樓正是生意繁忙的時候。

福掌櫃聽說肉鴨到了，驚了一下子，而後便是一陣大喜。

「好好好！快招人來卸貨！另請店內貴客海涵一二，為慶祝我觀鶴樓招牌避風塘脆皮鴨重新上市，今晚凡進店用餐的貴客，每桌皆可獲脆皮鴨半隻，叫後廚早早準備著！」

他的這番安排迎來滿堂喝彩，客人們也願意等一等。

福掌櫃和陸尚匆匆交接後，就叫小二們幫忙卸貨，其中一部分現場宰殺送去後廚，再有一部分則先圈在後院裡養著。

陸尚拿出早早準備好的字條，這還是今早託姜婉寧寫的。「這是此次進貨的數量、價錢和運送費用，福掌櫃且看看。」

他的這等作為又叫福掌櫃高看了兩分，福掌櫃笑著把字條收起來，說：「好，晚些時候我就叫帳房記上。」

做生意最忌諱錢款混亂，陸尚自己做了他那邊的帳，可作為買家的觀鶴樓，自然也該有他們自己的帳目。

聰明人說話，用不著多言。

等後面的鴨子都收整好了，管事上前道：「八百隻鴨子正正好，沒有病鴨、死鴨，餵了水後精神頭也很快恢復了。」

福掌櫃很是驚喜。「這陸氏物、物什麼來著？還真有兩把刷子！那麼多鴨子竟沒一隻損耗的，不錯不錯！」

「陸氏物流。」陸尚說：「可不能有損耗，不然賠鴨子事小，這後續的一連串損失，可又要賠償一大筆銀子了。」

「啊？」福掌櫃愣了一下，很快反應過來。「哈哈哈，是了是了，我竟忘了陸氏物流的賠付條款！甚好、甚好！」

「那等下個月同一時間，我再送下一批肉鴨來？」陸尚問。

福掌櫃點頭。「可。若是肉鴨提前用完了，我會派人去告訴陸秀才一聲，你再看如何安排。」

陸尚應下，隨後想起。「還未來得及跟掌櫃說一聲，我如今搬來了塘鎮住，就在縣衙後的兩條街上，三日後家裡欲辦喬遷宴，屆時還請福掌櫃和少東家撥冗蒞臨。」

福掌櫃道了賀，又親自送陸尚離開。

之後便是將租來的車馬還回去，以及把村民們剩餘的工錢支付了，對了，還有那五文的飯錢。

這一天累不累的暫且不談，只一天就有十三文錢到手，大多數人還是歡喜的，更是連連說：「我們下次還來！」

來可以，陸尚卻要把醜話說在前頭。

「我昨天跟嬸子、大娘們說，只要有把子力氣的壯年男人。大家幹了一天也知道了，我這兒的活不算太重，可也不是誰都能做的。」

陸尚雖沒有點名，可人群中那兩位上了年紀的還是臉上一陣火辣辣的，不自覺地往後面退了幾步。

他們兩家都是陸家村有名的貧困戶，一大家子人，一天只吃得上一頓飯，孩子的婆娘餓得滿臉蠟黃，偏他們力氣有限，去鎮上做工少有要他們的，好不容易有個能掙錢的活計，叫他們如何放棄？

好在到了最後，陸尚忽然說：「不過鄉裡鄉親的，我也不是那等不講情面的人，力氣不大沒事，只要能做事的，那我就要。今天來回趕車大家也看見了，會駕車的人不多，我這兒正好缺幾個趕車的車夫，力氣趕不上旁人的，那就學一門趕車的手藝，屆時上下貨時再給搭把手，工錢也是一樣的。」

此話一出，躲在後面的兩人頓時擠了出來。「真、真的嗎？」

陸尚點頭。「兩位老大哥緊著學學趕車吧，要是下回還幫不上忙，只怕我這兒也不好養閒人。」

「是是是！陸秀才放心，等回去了我們就去學！」

兩人又是激動、又是感謝，等陸尚走出去老遠，還能聽見他們的道謝聲。

陸尚長嘆一聲，搖搖頭，卻也沒再說什麼。

遠離京城的小小村鎮，自沒有宵禁一說，但到了晚上，街道兩側也變得蕭索起來，行人也是腳步匆匆，趕著回家了。

陸尚走了大半程，才碰上一個賣麵的小攤。

攤子的主人是一對老夫妻，一人負責招呼客人，一人守在半人高的爐邊，被熱氣蒸騰得滿臉通紅。

「公子要吃些什麼？咱家有雞湯麵和素麵，雞湯麵五文錢一碗，素麵兩文錢一碗，麵不夠了免費加。」

「麻煩給我一份素麵，等晚些時候再給我打包一份雞湯麵。」

「好咧！公子要加雞蛋或肉絲嗎？」

「不用了，素麵就好。」

陸尚唏哩呼嚕地吃完，又把打包的雞湯麵帶上，這次直奔家裡而去。

陸尚到家時，左右鄰居家都熄了燈，陸奶奶也早早歇下了，只有他和姜婉寧的房間裡還點著燈，成了這無邊黑夜裡的唯一一抹光亮。

就在他轉身合門閂的工夫，聽到背後傳來房門開合的聲音。轉頭一看，果然是姜婉寧迎了出來。

陸尚大步走過去，連他自己都沒注意，此時他的表情已經變了，眉眼彎起來，嘴角更是翹得老高。

「吃飯了嗎？」陸尚問完才一拍腦袋。「這個時辰了，想來妳們肯定是吃好了，我還給妳帶了雞湯麵，再吃一點？」

姜婉寧看了一眼，將裝有雞湯麵的碗接過去，順口問了一句。「夫君是在外面吃過了？」

「嗯，吃好了，就是時間太晚，不宜吃得太飽，隨便墊了墊。趕明兒沒什麼事，我在家裡好好吃兩頓。」

聽見這話，姜婉寧不覺露了笑。

「我去拿兩雙筷子，把雞湯麵吃了，不然明天就要坨掉了。」她不光拿了兩雙筷子來，還又帶了一個碗。

趁著陸尚洗臉擦拭的工夫，她把雞湯麵分成兩份，一份麵和雞絲都多一些，另一份湯多一些。

陸尚看了一眼，下意識要把兩人面前的麵碗調換過來。

姜婉寧拒絕說：「我晚上不愛吃東西，夫君快吃吧。」

陸尚無法，只好坐下來，趕緊把大半碗雞湯麵吃下去。

他剛才還說夜裡不宜吃太多，可一碗半的麵湯進肚，還是不可避免地覺出兩分撐來，但叫他這時候再出去溜達消食……

陸尚轉頭躺到了床上，用力搓了一把臉。「也等明天吧！」

姜婉寧忍俊不禁。

陸尚在外這一天，看似沒幹什麼力氣活，可光是監工也費了不少心神，尤其這還是他接到的第一單生意，總要做得漂漂亮亮的。

辛苦一天下來，他已經一句話都不想說了。

姜婉寧看出他的疲憊，把吃過的碗洗刷好，回來便熄了燈，等上了床才說了幾句話。

「今天我帶奶奶去看了郎中，郎中說老人家只是一時積鬱，別再生氣，好好養上一段日子就好了。還有，今天出門時，碰上了田嬸家的老太太，奶奶跟她聊得很好，約好後天一起去巷尾打絡子，我瞧著奶奶在家也無聊，便沒攔著，等明天有空了，我帶她去街上買幾圈好看的彩繩……」說著說著，只聽耳邊的呼吸聲漸漸淺了下去。

姜婉寧歪頭一看，陸尚已是睡過去了。她止住話語，輕輕笑了一下，拉起薄被，也陷入夢鄉。

第十五章

隨著觀鶴樓的鴨子送去，陸尚確實得了幾天空閒。

他好幾日沒能睡個好覺，這次便一覺睡到了晌午，姜婉寧和陸奶奶已經在廚房忙活著午飯了，他才姍姍醒來。

陸奶奶來鎮上住了兩、三天，心情暢快了些，人瞧著也精神了起來，如今已經能下地做些簡單家務了。

姜婉寧唯恐她不小心磕到、碰到，本不願她進廚房幫忙的。

但陸奶奶不去廚房了，就到假山後餵雞、餵鴨子。

前不久還巴掌大的小雞仔，如今已經長大了一圈，羽毛也變得堅硬起來。

思來想去，還是把老太太放在眼皮子底下看顧才安心。

姜婉寧只好把她叫來廚房，只做些洗菜、擇菜的輕鬆活兒。

好在家裡人口少，幾人也吃不了多少東西，炒上三菜一湯就很夠了。

等陸尚再一過來，便是這份湯都不用姜婉寧沾手，他自行包攬了剩下的活兒，又把一老一少全趕了出去。

而後便是吃飯和午睡，睡醒後唸書、學字，尋常百姓家的生活單調又無趣。

唯獨陸尚聽著西廂那邊傳來的朗朗讀書聲，不覺想起昨日在縣衙裡鬧出的笑話。

不論他願不願意，在外人眼裡，他都是個秀才，而一個秀才偏識不得幾個大字，這已經不是引不引人發笑的事了。

再說，他常年在外跑生意，總不能回回找旁人寫書契、唸書契，最合適的，還是要自己認得幾個字來。

要他直接去找姜婉寧學認字倒也不是不行，自家人面前，陸尚並不在意這些臉面什麼的，只是怕姜婉寧誤會了什麼。

陸尚糾結了一下午，中途又去衙門把書契蓋了章，一直糾結到晚上，才勉強拿定了主意。

這天晚上，姜婉寧寫字帖時，發現身邊人靠得越來越近，直至陸尚影響了她運筆，她只得無奈地抬起頭。

「夫君？」

陸尚哂笑兩聲，目光不自覺地四下飄移。

「阿寧，我想跟妳說件事，妳聽了別多想喔……」

「怎麼？」

這個時候的姜婉寧還沒意識到不對。

「就是……我不識字了，妳能教我認認字嗎？」

「認字啊……什麼？」姜婉寧一下子懵住了，錯愕地看著陸尚，彷彿無法理解他的言語。「什麼叫……不識字了呀？夫君不是唸過好多年書嗎？還考上了秀才，就算……總不會不識字吧？」姜婉寧這般說著，卻無法抑制地想起這段時日來的許多端倪之處，像那紙上看不懂的字劃、像他毫不猶豫轉去的商籍。

陸尚安撫地拍了拍她的手背，溫聲道：「阿寧妳冷靜一點，妳聽我說。」

姜婉寧其實沒什麼不冷靜的，想當初她在陸家過得那麼難，也一天天熬過來了，如今只是枕邊人變成了文盲，也並非那麼難以接受，她只是一時感到震驚，有點回不過神罷了。

「其實自從我重病好了之後，我的腦子就一直混混沌沌的，最開始還隱約記得唸過的書、識過的字，但不知怎的，我這身子一天好過一天，之前的學問卻是越來越差了。直到半個月前，我發現自己開始不認得字了，就連自己的名字都不會寫了……我怕說出來惹妳嫌棄，便一直瞞著。阿寧，對不起，妳要是覺得不高興，那妳就罵我吧。」

說著，陸尚低下了頭。

可他來到陸家那麼久，莫說見姜婉寧罵人了，便是她跟人紅臉都沒瞧見過。書香世家培養出來的小娘子，哪裡是會罵人的？

果然，姜婉寧的震驚褪去後，反被他的言語哄騙住，忙不迭地解釋著。

「不會……不是的，我沒嫌棄你，夫君。我也沒不高興，我就是有點驚訝……我是不是叫你難過了？」

陸尚本就是在裝模作樣，自不好演得太過。

他輕嘆一聲。「沒有，驚訝也是應該的。就是我發現自己不識字後，都驚訝了好些天，後來怕被人戳穿，連秀才也不敢做了。正好觀鶴樓的生意給了我新想法，這才匆匆改了商籍……」

如此，文盲也好，改商籍也好，都有了正當理由。

但這到底都是謊話，陸尚說過一次後，便有些不敢跟姜婉寧對視，於是藉著喝水的動作，掩去面上的心虛。

卻不想，就這麼短短幾句話，反叫姜婉寧想了許多。

寒窗苦讀數載，好不容易得來的秀才身，卻因意外只能匆匆捨去，甚至為此入了最低等的商籍，夫君作為當事人，恐懼、害怕、悲痛只會比她更甚。

而她不光沒有第一時間發現夫君的為難，反在他坦誠後還露出那樣震驚的表情，生生引起對方的傷心事，這實是不該。

至於說什麼忘了學問，連死而復生這樣天大的荒唐事都能發生，沒準就是老天給了陸尚一次新生，卻收回了他的學識作為報酬。

陸尚不知只在轉瞬間，姜婉寧就替他找補好了所有缺漏。

看見姜婉寧的目光越來越沈痛、憐惜起來，最後甚至泛起了淚花，陸尚頓時慌了。「阿寧，妳……」

「都是我不好，竟叫夫君獨自面對了這麼久……」姜婉寧緩緩吐出一口氣，抑下鼻尖上的酸澀。「夫君要做什麼，只管告訴我，我定是會配合夫君的。」

等她再抬頭，已經收拾好了表情，露出一個極淺的笑。

陸尚沈默片刻，好不容易才把心裡的歉疚壓下去。

畢竟只叫姜婉寧難過這麼一會兒，總比告訴她「妳的丈夫已經死了，現在的只是個外來的孤魂野鬼」要好。

陸尚緩聲說道：「雖說我已經改了商籍，就算被人戳破也不怕什麼了，但做生意也有要寫書契的時候，要是我自己能看得懂、會寫，就不怕被人騙了，所以我是想著，叫妳重新教教我。」

「那……」姜婉寧有些摸不準他想學到什麼程度？

陸尚又道：「也不用單獨教我，這段時間我在家，就跟著大寶他們一起上上課，後面熟悉了些，再辛苦妳單獨教我。」

「好。」話雖如此，但大人跟小孩子的學習速度總是不一樣的。

姜婉寧已經想好了，這兩天就制訂出一份新的教書進度來，屆時單獨教陸尚識字，也好叫他盡快掌握，好歹不用每日擔驚受怕了。

陸尚尚且不知，等著他的乃是古代版衝刺班，只當下跟姜婉寧說開了，又有了識字的途徑，整個人都輕鬆了下來。

而他又想趁著這幾天在家把喬遷宴給辦了，便跟姜婉寧商量起辦宴的事。

姜婉寧之前有學過宴會該如何安排，但那都是世家夫人才有的排場，現在只在一個小小村鎮裡，能叫大家吃好、喝好，就能博得街坊鄰居的稱道了。

轉過天來，兩人又把喬遷宴這事跟陸奶奶說了說。

陸奶奶在村裡也參加過一些人家的新房宴，無非是買上幾斤肉，炒一大鍋菜，米飯、饅頭管夠，那就成了。

陸尚卻說：「我是想辦一頓全魚宴，主要是想把幾道菜推薦給鎮上的酒樓，所以除了街坊鄰居，還有外客會來。」

這便觸及陸奶奶的知識盲區了。

幸好幾人之間還有一個姜婉寧，她思量片刻後，說：「交給我吧，我負責安排宴席，夫君只要請你要請的人來就好。還有當日的全魚宴，你看是你來做，還是提前教教我。」

陸尚也沒有更好的選擇，又對姜婉寧多是信任，便爽快地應下。

陸尚沒有再多餘地準備請帖，一些要邀請的賓客，只親自過去相邀。福掌櫃和馮賀已經邀過了，其餘便是一些打交道比較多的人。

像那常有合作的車馬行管事，還有書肆的黃老闆，再就是每天都會來往接孩子的龐大爺。

陸尚送龐大爺離開時，又說：「趕明兒您來的時候，也可以問問樊三娘家要不要來？叫上她家一起也熱鬧。」

「好好好！那你爹他們呢？」龐大爺問。

陸尚淺笑。「爹他們很忙，肯定是不願意來回麻煩的。反正奶奶也在這裡了，就不用捎其他人了。就您家，還有樊三娘家，你們兩家人，正好坐一車。」

陸尚都這樣說了，龐大爺也不會多說些什麼，帶著孩子高高興興地離開了。

就在陸尚四處請人的時候，姜婉寧更是忙得站不住腳。

雖說明天是做全魚宴，但也不能都是魚，萬一有不吃魚的人家，這滿桌鮮魚便有些失禮了。

虧得她近來常在鎮上多走動，也清楚哪裡的蔬菜最新鮮水靈、哪裡的肉最便宜實惠，再就是一些點綴小菜，則要去特定的地方買。

就在買菜、買肉時，她也沒忘了答應陸奶奶的事，專程繞了一圈，去鄰街的裁縫鋪裡買了幾團彩繩，又買了一小包彩珠做點綴。

就這麼一番採買下來，大半天就過去了。

到後面買的東西實在太多，姜婉寧每走幾步都要放下歇一會兒，幸好陸尚找了過來，這才順利返了家。

回家之後，姜婉寧一邊收拾菜一邊說：「也不清楚會來多少人，但按著邀請的人數算，興許會有百十來人，那就擺五桌，每桌二十人。桌子可以去許大娘家借，她家包子鋪有幾張大桌子。

「菜的話……除了全魚宴，還要準備一些其他菜色。我覺得只一張桌安排全魚宴就好，剩下的還是按照尋常喬遷宴來辦。

「二十個人一桌的話，那一桌至少要有二十五道菜，主食就用饅頭和麵條，到時不管剩下多少，全叫人打包回去。」

她安排得井井有條，陸尚也沒什麼好補充的了。

下午姜婉寧去請鄰居們來參加喬遷宴。

陸尚則是又出去了一趟，他這次是去了豐源村，豐源村是離塘鎮最近的村子，兩個時辰就能走一趟來回。

他在村裡訂了五十條魚，看他們的蔬菜也鮮亮，又添了三十斤蔬菜，趕明兒一大早再送去家裡。

這天晚上，幾人都早早睡下，就等著明天起來忙碌。

喬遷宴定在晚上，陸尚和姜婉寧有一天的時間來準備，只是要準備的東西實在太多，便是一整天也不見得充足。

沒想到上午的時候，龐大爺帶著家裡人和樊三娘一家過來了，兩家的女眷進門喝了口水，緊跟著就挽起袖子，到院裡或廚房中幫忙。

男人們帶著孩子在家門口玩，不時進來幫忙打打水。

到了下午，幾家街坊鄰居也過來幫忙了，許大娘和她的相公搬了大桌來，還給配了四十多把椅子，幾乎是把整個包子鋪都搬空了，不夠的椅子便從其他人家借。

好在人多力量大，許多繁瑣之事，一點一點地也都安排好了。

又過了片刻，書肆的黃老闆和車馬行的管事也過來了，他們都提了賀禮，只是陸尚要準備全魚宴，無法作陪。

還是姜婉寧去房裡拿了字帖來，又把黃老闆引去西廂的小學堂裡，請他檢查這段時間的新帖。

車馬行的管事沒人陪著說話，便也跟著鑽進小學堂。

又過不久，福掌櫃和馮賀也一起過來了，兩人帶的禮極多，只這一份就頂得上之前的所有人。

兩人一到，院裡頓時安靜了，連小孩子都屏住了呼吸，直到陸尚從廚房探頭出來。

「福掌櫃和少東家來了啊！實在不好意思，我這邊還要準備全魚宴，怠慢之處還請海涵！」

馮賀滿心都是他的老先生，因此忍著廚房裡的悶熱，在眾人不解的目光下，一頭鑽進了廚房中。

陸尚轉身差點撞到他，待聽他稟明來意，更是無可奈何了。

姜婉寧接過他手裡的東西。「夫君先去吧，我看著火。」

「好，我很快就回來。」說著，陸尚在她手上拍了兩下。

兩人的互動被馮賀盡收眼底，而他如今正急著得知老先生的答案，便也沒太過注意。

陸尚在廚房門口擦了手，又把馮賀引去臥房。

他原是要準備茶水的，奈何馮賀太急，根本不給他做多餘事的機會。

馮賀張口便問：「老先生有答覆了嗎？」

「有了有了，已經有答覆了！」

陸尚的表情叫馮賀心口一跳，可不聽見明確的答覆，又實在無法放下心。

「如何？」

「先生說了，教你考秀才是沒有問題的，只是——」

馮賀哪裡還聽得進「只是」後面的話，他抬手拍在桌面上，放聲大笑。「哈哈哈，我就知道！我就知道陸秀才你一定能幫我！哈哈哈哈……」

陸尚幾次試圖打斷都沒能成功，只好等他自己平緩了情緒。

過了不知多久，外頭哭鬧的孩子都不哭了，馮賀才捂嘴輕咳兩聲。「我失態了，叫陸秀才見笑了。你剛剛是不是還說了什麼？」

「是。」陸尚無奈地說道：「先生雖答應了教你，卻並不願出山，就是當面授課都是不願的。」

「啊？」馮賀愣住了。

陸尚說：「依著先生的意思，她只願意對你進行書面上的指導，透過書紙對你定期進行考校，合格了再進行下一項。先生也知道這不合常理，所以還給了我一本她批註過的《時政論》，無論是你看，還是請家裡的夫子審看皆可。你也回去考慮考慮，看看能不能接受這種教授方式。」

說著，陸尚把放在桌上有段時日的《時政論》交給他，想到這書全是姜婉寧一筆一畫寫下的，他還有幾分不捨。

馮賀接過書，遲疑道：「那我要是想拜先生為師……」

「至少現在不可以。」陸尚說。「先生鮮少收徒，便是我受她教導，也沒能拜她為師，且你如今連秀才都不是，如何能拜師呢？」

此話一出，馮賀方感出幾分羞愧。

「那行吧，我還要去廚房那邊忙一陣子，少東家可以出去轉轉，也可以去隔壁書房看會兒書，我就不叨擾了。」

畢竟是自己和姜婉寧的臥房，能叫馮賀進來，已經是陸尚最大的忍讓，至於留他一人待在裡面——

慢走不送。

馮賀那邊的糾結暫且不提，陸尚出去後跟碰見的人打著招呼，沒一會兒又進入廚房裡。

從早到晚，真是忙活了整整一天。

要不是姜婉寧時不時給他補補水，陸尚覺得他真會虛脫過去。

而姜婉寧也被熱得小臉通紅，到後面根本沒了說話的力氣，只埋頭準備著菜，多餘的一點都不願動彈了。

傍晚時分，整場喬遷宴的席面終於準備好了。

姜婉寧和過來幫忙的鄰居把其餘四桌的菜端上去，各種素菜、肉菜、涼拌菜、點心相繼端上桌，每桌都備了足足三十三盤。

再就是麵條和饅頭，全是用了白麵，麵條有肉滷和素滷，肉滷裡的肉塊清晰可見，素鹵裡的雞蛋也都是大塊大塊的。

這些東西一上桌，周遭全是驚嘆聲。

四桌菜都備好後，陸尚又親自把主桌上的全魚宴端了上來，一道道顏色清亮的菜餚端上來，配著他的唸唱——

「剁椒魚頭、酸菜魚湯、糖醋鯉魚、秘製醋魚……」

整整十三道魚肉做成的菜，全是大夥兒聽都沒聽過的，直叫一眾人看花了眼。

「這最後一道——松鼠鱖魚！」

陸尚雖尋不到不同品種的魚，可豐源村的魚足夠鮮美，便是常見的魚種，只要製作手法老道，做出來的風味也不差，何況另有形神出眾，足以彌補品種帶來的落差。

最後一道菜上桌後，這全魚宴也就上全了。

陸尚脫去身上的圍裙，拱手道：「多謝諸位捧場，菜已上齊，不如開宴吧！」

吃食已全，酒水也是有的。

沒有什麼名貴的酒水，就是酒鋪裡最便宜的清酒，一大桶也只要二十文，但有好菜在前，誰還顧得上灌酒呢？

陸尚和姜婉寧最後落坐，望著這花了足足十兩銀子才置辦下的喬遷宴，陸尚一陣肉疼，只能將目光放在福掌櫃身上，希望他能看上這些魚，屆時再叫自己賺回來。

福掌櫃淺嚐兩口後，整個人的眼睛都亮了，他甚至顧不得禮儀，徑自起身圍著桌子轉了一圈，將每道菜都嚐了一遍。

「好好好！這個好……這個也不錯！欸這個味道好特殊，叫我再嚐嚐……唔唔，好吃得緊……」

福掌櫃的這番舉動引起眾人的注意。

就連糾結了許久的馮賀也抬起頭，將信將疑。「福掌櫃，你是不是太誇張了？」

福掌櫃才剛舀了一碗酸菜魚湯，在陸尚的指點下往裡面浸泡了鮮麵條，一口下肚，麵條筋道軟爛，酸菜魚湯鮮香酸辣，奇妙的口感叫他大聲稱奇，偏嚐了一口後，又立即被勾得吃起下一口。

見他沒有反應，馮賀也不問了。

馮賀自己動了碗筷，嚐了嚐離得最近的糖醋鯉魚。糖醋魚的外衣被炸得焦香酥脆，澆上特調的番茄湯汁後，每一塊魚肉都帶了酸甜。

馮家的主宅在府城，那可是比塘鎮還要高兩個層次的地方，可他在府城生活了二十幾年，又走訪了許多其他地方，也不曾嚐到過這般口感。誰能想到，酸與甜會結合得這樣美妙！

觀鶴樓只是馮家諸多生意中頗不起眼的一項，福掌櫃興許還要考慮這些菜是不是能納入觀鶴樓的菜色，馮賀就只需品鑑了。

而有了他們兩人做例，其餘人也是好奇心大增。

就連旁邊幾桌啃排骨啃得正歡的人都停了下來，探頭探腦地觀望著那邊的情況，若非實在不雅，他們都想過去嚐嚐了。

也就在這時，姜婉寧去其餘桌位走動了一番，每桌都提醒一句。「廚房裡還有酸菜魚湯，想喝的可以過去盛一碗嚐嚐，只是家裡的碗筷準備不足，現下沒有空餘的碗了。」

「我家有！陸家娘子妳等著，我這就回家去拿！」說完，一個腰寬體胖的大娘離開座位，扭著腰便往家裡趕。

等大娘把碗拿來了，姜婉寧便去廚房盛了還熱騰著的酸菜魚湯。便是裡面大多的魚肉都被舀走了，剩下那些也夠一碗添兩塊，而陸尚在湯裡鹽放得少，湯底只有淡淡的鹹味，正是為喝湯而做的。

等姜婉寧把剩餘幾桌照顧好後，方返回主桌去。

在她離開的這段時間裡，桌上的菜都被動過了，只有一道白灼菜心無人問津，而出自陸尚之手的全魚宴，自是最受歡迎的。

然而等姜婉寧坐下，卻發現碗裡已經裝了不少菜，桌上的每道菜都放了一點。

陸尚偏頭過去，在她耳邊小聲說：「我都給妳挾了一點，旁人沒動過的，快嚐嚐。」

姜婉寧指尖一跳，嘴角無法控制地上揚幾分。

不等她把碗裡的東西吃完，一轉頭，陸尚又盛了一碗酸菜魚湯過來，裡面已經泡好了麵條，攪拌過後叫每根麵條上都掛滿了湯汁。

姜婉寧胃口不大，這麼吃了一圈下來，基本上已經飽了。

而桌上的客人們吃乾淨魚後，肚子叫著飽，偏嘴巴還不願接受，因此又試探著嚐了嚐其他菜，意外發現，其他菜的味道也不錯。

像那椒鹽排骨，炸得酥酥脆脆的，肥而不膩；那油炙鴨，雖比不得觀鶴樓的招牌，可也贏過其他酒樓、餐館了。

就連看著不怎麼討喜的素菜也出奇得可口，尤其是在吃了大魚大肉後，挾上兩筷子吃，格外的解膩。

從開席到結束，眾人吃了將近一個時辰，這還是因為大多數人都沒有喝酒，才能這麼快吃完。

一頓喬遷宴，吃得賓主盡歡。

夏末的天黑得已經沒那麼晚了，隨著天光漸沈，龐大爺和樊三娘一家率先提出告辭。

姜婉寧起身送他們離開，又把廚房裡剩下的幾份肉菜給他們帶上，用海口大碗裝好，等過兩日孩子們來上學時再還回來。

家門口，樊三娘很是愧疚。「我該留下幫妳收拾收拾的，那麼多碗筷，留妳自己洗要收拾到什麼時候……不然等明天我自己再來一趟吧，妳今晚不要麻煩了，等明天我來了再說。」

龐家的幾個女眷也這樣說道。

「不用了，大家回去好好休息，我這邊顧得過來。再說了，還有那麼多街坊鄰居，一天做不完就兩天、三天，慢慢來就是。還要謝謝你們不辭路遠來參加我們的喬遷宴，辛苦你們了。」

無論是龐大爺一家還是樊三娘家，來參宴都帶了賀禮。

龐大爺家是直接從鎮上買的現成吃食，還有龐亮的母親親手做的兩床褥子，褥面稍顯粗糙，但裡面的棉花卻很實在。

而樊三娘家則帶了四、五筐鮮桃兒過來，今天席上的桃子就全是他家的。還有三斤香油，也被妥善放置在了廚房裡。

喬遷的賀禮不好退回，姜婉寧也沒說這些客氣話，只邀請兩家以後有時間了再來玩，或者家裡不方便，留孩子在這邊過夜也沒問題。

他們兩家走了後，車馬行的管事和黃老闆也相繼告辭。

再就是一些鄰居，男人們帶著孩子先回家睡覺，女眷則留下等著幫忙收拾清理東西，這時就都坐在院子裡，一人捧著一顆桃，一邊吃桃，一邊聊閒話。

不知不覺提到了今日的喬遷宴，桌上的每道菜都能叫人讚不絕口，還有那主桌上的十幾道魚，越是沒吃到的，反越勾人。

至於主桌上的客人也走了大半，最後只剩下福掌櫃和馮賀，福掌櫃是吃得太飽實在走不動路了，馮賀則是還琢磨著老先生的事。

陸尚假裝沒看見馮賀的糾結，只去跟福掌櫃搭話。「福掌櫃看今天的全魚宴如何？」

「甚好甚好，我只能說這個——」福掌櫃比出一個大拇指。

「那您看，之前我說的鮮魚供給？」陸尚點到為止，起身說道：「不過這些也不著急，您後面有時間了再看看，今兒時間也晚了，咱就不談這些生意上的事了。正好我廚房裡還剩了兩條松鼠鱖魚，您帶回去，吃之前復炸一遍，然後再澆汁。可能比不上剛出鍋的時候，但也能嚐嚐。」

「啊？好好好，那我可就不客氣了，真是謝謝你了……」福掌櫃這連吃帶拿的，整個人都高興極了。

而陸尚比起他也不遑多讓，只看觀鶴樓來的這一掌櫃、一東家的表現，不出太大意外，這單生意應是跑不掉了。

天邊的最後一抹殘陽消失，院裡吃席的人全部散去，姜婉寧把留下幫忙的嬸子們打發回去，望著這滿院的狼藉，轉頭和陸尚相視一笑，不約而同道——

「走，睡覺去！」

轉過天來，家裡的三口人全是睡到了半上午才醒過來。

陸奶奶在門口轉了兩圈，被新認識的老夥伴田奶奶拽走，要去巷尾打一會兒絡子。

而家裡的那些狼藉桌面也不用陸奶奶擔心，田奶奶大手一揮。「我叫我姑娘去幫忙，她手腳可麻利！」

田奶奶一輩子只生了一個女兒，便是田嬸，她老伴去世後，便被田嬸接來一起住了，打絡子既是消磨時間，也能補貼一點家用。

陸奶奶拒絕不得，只能被她拽走。

於是等姜婉寧和陸尚醒來後，院子裡還是安安靜靜的，兩人只以為陸奶奶還沒醒，洗漱後吃了點東西，難得撿起了被丟下好久的健身操。

也不知是不是這段時間常在外行走的原因，這一回，陸尚很完整地打完兩套，除了呼吸急促些，總算沒有之前的半死不活了。

他正要得意兩句，才張嘴卻忽然頓住了。

「怎麼了？」姜婉寧擦著汗，轉頭問道。

陸尚驚喜道：「阿寧，我好像明白妳之前說的暖流是什麼了，我、我好像感覺到了！」

姜婉寧也是驚訝，而後便覺歡喜。「那夫君再多堅持堅持，說不定練上個一年半載，身子就徹底好了呢！」

單說她，她不比陸尚常出門，這套體操也一直堅持做下來，不管是心理因素還是什麼的，反正身體是強健些許。

再加上她這段日子一直好吃好喝地養著，也不似之前總有做不完的累活、重活兒，手腕都沒那麼纖細易折了。

就在兩人準備收拾院裡的東西時，卻聽大門口傳來叫門聲，打開一看，卻是周邊好幾家的鄰居。

田嬸一邊穿戴圍裙一邊說：「我娘這一大早就守在你們家門口，一看見你們家老太太出門，就趕緊把人拽走了，可算有人陪她說話了。這不，我娘臨走前還叫我快點來幫忙，我看家裡也沒什麼事，估摸著時間就來了，在外頭正好碰上別的鄰居，大夥兒一起弄，也好快點搞完。」

正說著呢，田嬸就走了進來，後面跟著一群或眼熟、或不眼熟的鄰居。

大家都是做慣了家務的，收拾起來可比姜婉寧和陸尚麻利多了。

到了後頭，田嬸嫌他們礙手礙腳，只叫他們自去整理昨天收到的賀禮，院裡碗筷的洗刷全由她們來辦。

兩人面面相覷許久，左右閃身給人讓著路，最後只能離開。

不過他們也沒真去收拾賀禮，而是去了廚房，先把昨天的剩菜、剩飯規整了一番，有些肉多的菜就分出來留下，已經有點變味的就丟掉。

還有灶臺底下的四、五條魚，到現在還活著。

陸尚去外面把魚殺了，燒火起灶，又做了一大鍋金湯魚。

等外面的桌椅、碗筷都收拾好了，他這邊的金湯魚也做好了，外頭幫忙的嬸子們佇在門口張望。

姜婉寧笑說：「嬸娘們快回家拿兩個大碗來，夫君剛做好的金湯魚，妳們快帶回家，晌午就不用做飯了，往裡面泡點饅頭、麵條，一頓吃下來肯定很舒服。」

「泡米飯也行，湯飯也很好吃！」陸尚嚷了一句。

門外的人對視一眼，頓時一哄而散。

沒過一會兒，大家又回來了。除了女眷之外，有幾家還來了男人，那是借了桌椅、碗筷的，過來把東西拿回去。

許大娘家索性直接帶了一輛車來，幾個漢子合力把大桌都搬上去，還有椅子、圓凳，復趕車離開。

而廚房那邊又是一派熱火朝天的景象。

陸尚只負責做飯，做完了就跑出去躲涼了，只留下姜婉寧給大夥兒分湯。

姜婉寧分湯時還會問一句。「那邊還剩下些菜，都是沒怎麼動過的，有炒豬肉還有雞鴨，您要嗎？」

有要的，有不要的，反正到最後，剩菜也全部分出去了。

有人感嘆道：「陸秀才這手藝，以後便是去酒樓裡做大廚都夠了！」

這話一出，贏得周圍人許多的附和。

姜婉寧但笑不語。

到了半下午，家裡可算空下來了，凌亂一片的院子恢復了整潔……或者說荒涼，只有廚房那邊還留著熱氣。

陸奶奶連午飯都沒回來吃，陸尚出去一問，才知道她是被拐去了田嬸家，等著吃完飯再出去嘮嗑、打絡子呢！

既然老太太有事做，陸尚也不會拘束她什麼。再說，在這兒有了三五好友，說不定就得了趣兒，不想著回陸家村了。

陸尚回家和姜婉寧隨便地吃了點後，帶著倦意又回了房，一直到傍晚才歇好醒過來。

陸尚去外頭不知折騰些什麼，姜婉寧則在屋裡盤算著接下來的復習計劃，或者說，是陸尚的識字計劃。

這天晚上，陸尚回屋後被姜婉寧問了好多問題——

「夫君是一個字也不認識了嗎？」

「那之前看書或者看其他東西的時候可有熟悉感？」

「喔喔，我教給大寶他們的字你都認識了呀……」

陸尚老實地一一回答了，但他想不到，等他睡著後，姜婉寧在旁邊愁得半宿都沒睡著。

姜婉寧翻來覆去好半天，總算認清一件事——

教陸尚認字不該叫復習，應該也叫啟蒙。

而她也不得不把新制定好的計劃推翻重來，其中最緊要的，便是延長每晚的識字時間，這樣才好讓他在規定的時間內認得大部分文字。

陸尚睡得昏天黑地，全然不知接下來等著他的是什麼……

轉天早上兩人做完操後，姜婉寧本想喊他去做一會兒早課的，誰承想觀鶴樓的福掌櫃派了小二來，說要請陸尚過去談一談鮮魚生意。

陸尚大喜，轉頭就離了家。

姜婉寧沈默半晌，只得長嘆一聲。「……那就只好全留到晚上補了。」

渾然不知好日子到頭的陸尚一路美滋滋的，到了觀鶴樓後直奔樓上去，開門一看，除了福掌櫃外，馮賀也是在裡面的。

三人一陣寒暄後，福掌櫃開門見山道：「是這樣，我與少東家商量了一番，對陸秀才的全魚宴甚感興趣，便想找你談談合作的可能。」

陸尚先說一句。「別叫我陸秀才了，實不相瞞，前幾天我才去衙門轉成商籍，如今已經不是秀才了。」

說著，陸尚將隨身帶來的書契遞過去，底下蓋好的官印從側面佐證了他的話。

對面兩人皆是一怔。

福掌櫃不相信地拿起書契要看個仔細。

馮賀更是不敢置信。「什麼叫……不是秀才了？」

大多數人都不理解從秀才墮入商籍，而對於馮賀這樣為了科考堅持多年的人來說，陸尚的行為更是荒唐至極。

陸尚拿出應付外人的那套措辭。「非是我之願，只是家中貧困，我又常有恙在身，秀才是很好，可卻養不活我和我的家人，也只有改入商籍，我才能堂堂正正地和酒樓做生意，才能賺到錢。」他苦笑道：「若是有得選，我也不願的。」

福掌櫃和馮賀皆為他的話沈默了。

片刻後，馮賀呢喃道：「你要是早說，我可以供你繼續唸書啊……」

陸尚搖搖頭，無聲拒絕了這種可能。

事已至此，真正的利益受損者都不再說什麼了，福掌櫃和馮賀自也不好再多置喙，兩人只是惋惜無奈。

陸尚將話題轉到最開始。「關於鮮魚的生意，大致還是跟之前一樣的，就是我與供貨的農家聯繫，再提供貨物運輸服務，包括賠償等事宜，都還是跟肉鴨一致。只是除了供貨之外，我這邊還可以提供一定的魚肉製作手藝，直叫店裡的廚師學會為止。」

供貨和運輸已經是雙方合作過的了，福掌櫃沒有其他疑義，只是後者叫他有些疑問。

「不知陸秀……陸老闆說的教手藝，是怎麼個樣子呢？是跟滷菜一樣買斷，還是拿分成？」

陸尚說：「因為鮮魚能做的菜比較多，像前日的全魚宴也只是九牛一毛，便是觀鶴樓後續再想上新菜，我也是可以提供新品的，所以單純買斷，興許不太合適了。」

「那依陸老闆的意思是？」

「我是想著，畢竟也是從觀鶴樓拿到的第一筆生意，後續或許還要請你們多多關照，所以便想拿一成利，後面無論是店裡的師傅要學手藝，還是要研究新品，我都可以配合。」

「一成」這話一出，就見對面兩人皆是一臉驚訝。

兩人昨晚就此事商量過，也提出過分成制，而考慮到陸尚幫馮賀聯繫了老先生，他們的底線便是四成利。

如今陸尚的主動讓利，無疑是叫他們又喜又疑。

陸尚緊跟著說：「當然了，福掌櫃和少東家要是方便，也請二位多替我陸氏物流宣傳宣傳，不拘酒樓、餐館，若是有其他需要押送貨物的生意，我們也是可以做的，若有其他問題也可商量。」

聽他提出這個，福掌櫃了然，對他的讓利也沒那麼多疑慮了。

而馮賀剛從陸尚那兒拿了《時政論》，昨日匆匆找了個夫子看過，那夫子差點把書搶走，光是夫子那副珍惜的模樣，就叫馮賀知道，自己是得到好東西了。

因此不等福掌櫃回答，馮賀就先說：「自是沒問題的，等後面我去了府城，也會幫你多做宣傳。還有，我家有一部分絲綢、布帛的生意，原是和鏢局合作的，今年年底合約到期，到時便交給你來做。」

陸尚臉上的笑容擴大。「那真是太感謝了。」吃過一輪茶點後，他又試探道：「說起來，二位前日可嚐了桌上的蔬菜、水果？」

兩人皆點了點頭。

待得了準確的答覆後，陸尚笑吟吟地道：「說來也巧，喬遷宴上的蔬菜也是跟鮮魚出自同一個地方。再就是水果裡的鮮桃兒，卻是跟我一村的鄉親種出來的，他家的桃又大又水靈，便是用來招待客人，想必也是不差的。」

「好呀，陸老闆這是想把整個觀鶴樓的進貨源都握在手裡了呀！」福掌櫃大笑。

陸尚順勢道：「您要是信任我，自然也不是不行。便是那豬肉、羊肉之流，署西村也有現成的，就是不知能不能達到您的要求了。」

要說把酒樓的所有貨物採買都交給一人，那確實方便，可同樣的，要承擔的風險也就極高，但凡這人出一點差錯，整個酒樓的生意都要停滯。

福掌櫃便是心動，也知道不能把寶全押在一人身上。

他思慮良久，最多再接受了鮮桃兒和蔬菜。蔬菜也不是全要，從陸尚這兒收的，也只占觀鶴樓日需求量的三成。

陸尚趕緊應下。「實不相瞞，您便是多要我也沒轍了。農戶雖也種蔬菜，但量並不大，除去那些賣相不佳的，剩下的也就這麼一點了，再加上還是只要新鮮的每日一送，因此夜間的損耗也要考量進去。」

他說了其中為難，但這些損耗並不用酒樓考慮，全是他的事。

在觀鶴樓坐了半天，陸尚又拿到五百兩銀票，有了這些預付款，他的物流隊伍也可以組一組了。

另外，馮賀基本確定下來，要接受「老先生」的書面指導，只是他還要回家交接一番手裡的生意，因此定好半個月後再去陸尚家裡送束脩，請陸尚代為轉交。

回家的路上，陸尚在首飾店看見了一支很漂亮的素釵，是翡翠的質地，通體碧綠，瞧著很是喜人。

他進去問了價格，這支釵子只要三兩，他沒能忍住誘惑，還是將這支素釵買下，又請掌櫃幫忙包裝一二，準備拿回去給姜婉寧做禮物。

待他到了家，大寶和龐亮正好要開始下午的功課。

陸尚趕緊去拿了紙筆，跟著一起進了西廂，開始他蹭課的第一節。

兩個孩子對他的到來很是好奇，幾次打量觀察，可看他也在認真寫字後，逐漸沒了興趣，復將注意力放回到自己身上。

姜婉寧把兩個小孩安排好了，便忍不住往後面走去。

這一看不要緊，等她看清陸尚寫下的字後，頓時一臉慘不忍睹的表情。

「夫君……有沒有可能……我是說，你握筆的姿勢要不要改一改呢？」

「咦？」陸尚抬頭，沒有一點的不好意思。「這不對嗎？」

姜婉寧不知該如何跟他解釋，只好俯身親自握著他的手，一點點地調整好姿勢，又帶他寫了三個字，方才從他身邊離開。

只是才一轉身，她便忍不住閉了閉眼睛，吸氣、吐氣呼吸好幾回，方將亂了的心跳壓下去。

而她背後的陸尚，他只記得手背上的溫熱觸感，至於什麼落筆的力道、走筆的趨勢……他忙將紙擋住，可不敢叫姜婉寧再看見他毫無變化的字體。

因這點不好明說的悸動，陸尚一下午的學習是白學了。

他雖是跟著認了幾個字，但也僅限於認識，要是換他來寫，寫得好看不好看暫且不論，光是缺筆少劃的，就是一大問題。

臨近下學時，陸尚也有點擺爛了。

他換了一張乾淨的紙，先是把前些天肉鴨的營收記下來，又粗略算了算蔬菜和桃子的利潤，以及他要組物流隊的基礎花銷。

這不算不知道，一算嚇一跳，真要把物流隊組起來，就算只買五輛車，雇上二、三十人，還是只做塘鎮周圍的生意，沒有個五、六百兩也做不成。

他無法，只好暫時歇了買車馬的心思，轉考慮起長期租賃的可能。

許是他思考得太認真，一直到他桌面被人敲響，他才猛然回神，抬頭一看，就見姜婉寧滿目的無奈。

「夫君，下學了。」

「欸？大寶他們呢？」屋裡已經沒了第三個人。

姜婉寧說：「龐大爺到了，兩個孩子已經回家了。」

「啊……」陸尚終於覺出兩分不好意思來，他搓了搓手，誠懇地認錯。「阿寧對不起，我上課不認真了。」

姜婉寧卻是好說話。「沒事，夫君若是靜不下心那便罷了，反正還有晚上，到時只有你一人，我也好時時盯著。」

聞言，陸尚臉上的表情從愧疚到茫然再到震驚，嘴巴也是越張越大，他不自覺地吞了吞口水，小心翼翼地問：「什麼叫……還有晚上呀？」

姜婉寧理所當然地道：「夫君不是急著認字嗎？我想好了，以後就晚上教你識字，每天晚上學兩個時辰，這樣只需要半年的時間，就能把常用的字認得差不多了。咱們先從識字開始，等都認得了，再來練習寫字。」

她計劃得很好，耐不住陸尚實在不是一個好學的。

他一臉苦相，張口就要拒絕。

可姜婉寧並不給他反對的時間，匆匆說了句。「我現在就去準備晚飯，還是要抓緊時間，不然等學完就太晚了。」說完就轉身離開了。

陸尚頓時欲哭無淚。

第十六章

姜婉寧一心記掛著晚上的識字課，晚飯只簡單準備了一些，好在昨日的金湯魚還有些剩餘，她便往裡面加了幾把蔬菜，又加了兩塊豆腐，一起燉上片刻，就能出鍋了。

而家裡還有麵餅，她在熱湯時順便把麵餅放在了鍋蓋上，湯和餅一起做好，再把陸奶奶叫回來，前後不過半個時辰，晚飯已然解決。

姜婉寧先回房間備課。

陸奶奶聽說大孫子又要唸書了，可是高興得不行，連聲催促陸尚快快回去用功，根本不給他刷碗拖延的機會。

陸尚無法，只好磨磨蹭蹭地回房。

屋裡，姜婉寧已經準備好了紙筆。筆是書肆老闆給的，紙雖不是最好的那種，但也是家裡最好的。

看清這些東西後，陸尚欲言又止。「要不……」

「夫君回來了？」姜婉寧招招手。「那便開始吧。今天只是第一天，我們就粗略學五十個字，要是能適應的話，後面再加。」

陸尚畢竟已經是個成年人了，便是心裡發懶，可也知道好壞，如今見姜婉寧這樣上心，他更沒有退縮的餘地了。

只是在開始前，他先把帶回來的翡翠素釵送給她。

姜婉寧小心打開後，當場將釵子戴了上去，沒去照銅鏡，而是仰頭問陸尚。「好看嗎？」

不知怎的，陸尚忽地心口一跳，口舌都覺出兩分乾燥來。「……好看，阿寧怎麼都好看的。」

姜婉寧莞爾，戴著這支新釵，開始了今天的識字。

陸尚只是不習慣寫毛筆字，只要不叫他寫，單純識字還算簡單一些。

且他自有一番旁門左道的識字方法，往往只需姜婉寧講上兩遍，他就能把字音、字形記得差不多。

這個法子有利有弊，好處便是記得快，壞處一開始不明顯，可等見的字多了，弊端也就顯現出來了。

姜婉寧為他的學習速度感到驚喜。「夫君果然聰慧，按這個速度，哪裡需要用到半年？只花兩個月就可以認得差不多了！」

陸尚被她誇得飄飄然，然等下一遍檢查時——

「等等，我怎麼記得剛剛那個字也有一樣的字劃呢？」同形不同字，發音自然也是不一樣的。

姜婉寧聽了一遍，發現陸尚把這五十來個字記混了將近一半。在她看來完全不相干的兩個字，陸尚怎就能混淆呢？

陸尚也很鬱悶，又忍不住在心裡埋怨，大昭的文字怎就跟他會的丁點兒不相干呢？這叫他連想猜蒙都沒辦法。

兩個時辰過去後，五十個字的任務是達成了，可無論是教的還是學的，都覺得自己受到了衝擊。

這天晚上，連睡前的閒聊都取消了，兩人各自平躺著，也不知在懷疑什麼。

轉日，陸尚一看見姜婉寧就不自覺地聯想到備受折磨的一夜，因此囫圇吃了早飯，連健身體操都不練了，活像後面有人追趕似的，一路逃出了家門。

他在一日內先後去了豐源村和陸家村。

豐源村的魚和菜都是村民自行銷售和食用，並沒有與酒樓或餐館合作過，因此當陸尚提出每日採購後，當即就被村長請去家裡。

最後按照一尾魚三文錢，一斤蔬菜兩文錢的價格達成合作，而這些東西轉給觀鶴樓，便分別變成四文和三文。薄利多銷，陸尚亦有賺頭。

再就是樊三娘家的桃子，今年的鮮桃兒不值錢，觀鶴樓也不願做這冤大頭，看在兩家的關係上，陸尚便沒有再賺她家的差價，按照觀鶴樓給的價錢，兩文錢一斤，每隔三天採購一次，每次收五百斤。

這還是因為觀鶴樓的水果都是餐前贈送的，只要有客人入店，都會分到一盤水果，要是換成其他酒樓，只怕遠收不了這麼多。

等做完這些後，也到了他回家的時候。

只是想到晚上又要開始的識字，陸尚頭一次對回家生出幾分牴觸。偏偏要識字的事還是自己提出的，人家姜婉寧不辭辛勞，總不能他先退縮了吧？

留在家裡的姜婉寧，這一天卻不怎麼順利。

這主要還是因為大寶和龐亮進行了一次小考，考校內容便是從入學到現在學過的所有大字，姜婉寧在上唸出讀音，他們兩個在下面寫出來。

兩人在小考時交頭接耳已經叫姜婉寧很不悅了，等考校結束，她把試卷收上來，看完後直接失了言語。

只見紙上的字寫得七零八落，不能說他們不會，可也確實沒有學精，很多字都缺了筆畫，至於寫得好看就更談不上了。

這叫姜婉寧很挫敗，聯想到昨晚的加課，她都開始懷疑，到底是學生悟性不佳，還是全因她教得不好？

可她回顧著幼時父親給她啟蒙時情景，也無甚差別啊！

這樣的壞情緒一直持續到陸尚回來，他又給姜婉寧帶了東西，這次是一包果脯，酸酸甜甜的梅脯叫人散去幾分鬱氣。

恰逢陸奶奶又問：「尚兒昨日唸書唸得怎麼樣了啊？」

陸尚說：「唉，我這記性實在太差，太長時間沒拿書本，昨天一看，竟是什麼也不會了，實在慚愧。」這話是說給陸奶奶聽的，但更多則是說給姜婉寧聽。

陸奶奶一驚，但還是寬慰他。「沒事沒事，尚兒你自小聰慧，只要用功上一段時間，肯定會想起來的，咱不著急啊！」

「好。」陸尚應下。

今天飯後洗碗的人是陸尚，姜婉寧沒有回房，而是跟在他旁邊打打下手。

陸尚忽然說道：「我今兒也想過了，這識字唸書總不是一朝一夕就能成的，也虧得有妳不厭其煩地幫著我，不然我真不知道怎麼是好。」

他今天回家的路上想了許多，終究不願做個大字不識的文盲，且有姜婉寧耐心教授著，斷沒有不再用功的道理。

姜婉寧動作一停，悄悄低下頭，片刻才問：「夫君覺得，我教得還好嗎？或者比你之前的夫子如何？我不是說要與夫子們做比，就是擔心——」

「好。」陸尚打斷她，肯定地道：「阿寧講得好極了，比我之前遇到的所有夫子都要好，應該說是最好的才對。」他笑道：「只可惜如今只有我這朽木，短時間內妳是瞧不見成果了。等日後觀鶴樓的少東家來了，阿寧便知道自己講得有多好了。」
暫且不論他這話是否是真心的，姜婉寧聽後卻是鬆了一口氣。
隨著陸尚沒了對學習的牴觸，他識字的速度也漸漸跟了上來。
而姜婉寧並非那等貪圖進度的，每教上十字便要從頭復習一遍，偶爾碰上有典故的，還會給陸尚講一講文字的故事，借以加深他的印象。
如此一來，像陸尚這等對學習並無太大興趣的，也不禁沈浸在她不急不緩的講述中。
待到第二日，龐亮和大寶都來找姜婉寧認錯。
原來他們昨日把小考的試卷拿回了家裡，慘不忍睹的成績叫他們換了一頓打，今早來上學時，他們想到了這段時間的懈怠。
大寶哭著說：「姨姨對不起，我已經好久沒有做功課了。妳叫我們回家後要多多回顧，但我回家後卻只顧著玩，這才考砸了……姨姨妳別趕我走。」
龐亮也是抽抽搭搭的。「姊姊對不起，我、我也不聽話……」
被兩人這麼一哭，姜婉寧哪裡還生得起氣來？她一手牽一個，耐心地問了他們近日的活動，最後說：「那這樣，以後每天上課前，我先帶你們復習一遍可好？或者你們要是能堅持的話，那便每日加半個時辰的早課，這樣就不留回家後的功課了。」
她其實有心把兩個孩子留在家裡，像外面的書院那樣，每月放假一次，只是考慮到兩個孩子到底還小，只好暫且作罷。

兩個小孩嘀咕半天後，選擇了後者。「我們想上早課。」

「那好，等晚上我就去跟龐大爺說，他要是方便送你們的話，那便加一門早課，要是太麻煩的話，還是要你們回家多多努力喔！」

「好！」

等到了晚上，姜婉寧把這事給龐大爺說了說，當然還是借了陸尚的名義。

龐大爺很快答應了。

「沒有問題！不過還要晚兩天，我這兩天先跟坐車的鄉親們說一聲，以後搭牛車的時間都提早半個時辰。」

「那就辛苦您了。」

「不辛苦、不辛苦！都是為了小孫孫嘛，都是為了叫他唸書考秀才！」龐大爺哈哈笑道，抱龐亮上車時，忍不住狠狠親了他一口。「爺爺的乖寶喲！」

後面幾天，陸尚皆是白天去談生意，夜裡識字，有時早上有空了，再練練健身操，或者跟著上上半節早課，一天過下來身心俱疲，卻又格外充實滿足。

這日，姜婉寧收拾了一番近日寫好的字帖，趁著中午出門買菜時，準備給書肆送去。哪承想她才到書肆門口，就被從側面衝出來的兩個人給攔下了。

「就是她！」

衝出來的是一高一矮兩個男人，兩人分別站在了姜婉寧左右，大張雙臂，攔住了她所有的去路。

姜婉寧被嚇了一跳，意識到情況後更是嚇得不行，她強裝鎮定地問道：「你、你們是什麼人？你們要做什麼？」

高的那個問：「妳是不是很久之前那個能在信上畫畫的？」

姜婉寧一愣，緩緩點了頭。

矮的那個立即嚷嚷道：「大哥你看！我就說是她，我認得她！你快把錢給她，叫她幫咱們寫信！」

一直到被帶進書肆裡，姜婉寧其實還是糊塗的。

但畢竟是到了她相對還算熟悉的地方，店裡又有另外七、八人，便是被兩個陌生男人在後面看著，她也沒那麼害怕了。

反而是那一高一矮兩人進來後就變了表情。

高的那個還是寸步不離地跟在姜婉寧後面。

矮的那個則換上一臉諂笑，走到櫃檯前。「老闆好、老闆好！不知老闆這裡還出不出借寫信的筆跟紙呀？」

黃老闆從算盤中抬起頭來，原是不耐煩要打發人走的，餘光驟然瞧見姜婉寧，不禁愣了一下。「是夫人要借？」

姜婉寧點了點頭，復又搖了搖頭。「不是，我不知道他們是誰，剛才在門口突然被他們攔下了，還沒來得及問便被趕了進來。」

黃老闆聽出兩分不對，視線在另外兩人身上打量許久，半晌才說：「那夫人您過來，我給您拿紙和筆墨。」

那兩人並沒有聽出什麼不對，聞言反高興了幾分。

只是等姜婉寧走到櫃檯後，黃老闆卻一下子變了臉色。

黃老闆厲聲問道：「你們是誰？你們想對陸夫人做什麼？」

這波反轉打了那兩人一個措手不及。

矮個子直接傻住了。

高個子也磕磕巴巴地說：「寫、寫信啊……我們在這裡守了半個月了，就等著她來，好替我們寫信，我們連錢都準備好了！」

說著，他把藏在腰間的錢袋掏出來，把裡面的銅板倒在手上，定睛一看，該有二、三十文。

黃老闆也有些懵。「你們這……夫人是不是誤會了什麼？」

幾人一對質，才發現裡面的確有些誤會。

原來這兩個男人是從平山村來的，平山村乃附近村落中距離塘鎮最遠的一個，也是最貧困的一個。

平山村沒有適宜耕種的田地，村民以打獵為生，但周邊山野多猛獸，每年死在山上的村民難以估量，經年下來，村裡的青壯年越來越少，生活自然也越來越難。

一個多月前姜婉寧幫老婦寫信那次，兩人正好看見了，他們原也沒想到自己家裡有寄送書信的時候，不料就在月初，平山山上來了一群餓狼，不光霸占了山野，隔三差五就要去村子裡搗亂，偷雞鴨不說，甚至還會衝上鄉路傷人，報了衙門也沒人願意接手。

村民苦不堪言，偏村裡又沒有足夠的人手制伏餓狼，村長實在沒有辦法，便想給去當兵的村民寫信，看能不能請他們回來收服餓狼。

高個子的叫蔡勤，矮個子的叫蔡勉，兩人全是村長的兒子，自掏腰包來到鎮上。他們不識字，唯恐被人騙了，想起那個會畫小人畫的姑娘，便匆匆趕來書肆等人。

然而代寫書信那事，這段日子又是搬家、又是做生意的，陸尚早就忘掉了；而姜婉寧忙著給兩個小孩上課，慢慢也把這事淡忘了。

只是可憐兩兄弟在書肆門口守了半個多月，之前攔陸尚的人裡也有他們兩個，陸尚的安撫又叫兩人生了希望，繼續等了下去，直到今日，總算碰上了姜婉寧本人。

聽他們將前因後果緩緩道來，姜婉寧不禁沈默了。

說實話，她並沒有真的把寫信這差事放在心上，更沒有想過，竟有人會將全村的希望付諸予她，苦等她半月之久。

她不敢想像，若是因她的緣故導致平山村的村民產生更大的傷亡，她又該如何揹負那麼多的罪孽？

「我……」姜婉寧不知道該說些什麼，垂頭從腰間取了錢，將其推給黃老闆。「麻煩您給我拿兩張紙吧，再要一套筆墨。」

等黃老闆把東西取來後，她看向蔡家兄弟二人。「你們要寫什麼？」

她站在櫃檯前，依著兩兄弟的轉述，快速寫好了書信，又如他們所願，在旁搭配了足夠的小人畫，便是把那些文字去掉了，只看小人畫也能明白其中涵義。

兄弟倆拿到信後頓時大喜。

蔡勤將其小心收好，問道：「多少錢？我現在就給妳錢！」

姜婉寧搖搖頭。「不用了，你們快去寄信吧，現在送去，等今天晚上就能送走，再晚就要等明天了。」

兩人被她的話驚到，蔡勉急吼吼地道：「哥，那我們快點去！」

蔡勤也有些著急，看姜婉寧怎麼都不肯收錢，只好再三道謝。「謝謝、謝謝！妳是好人，好人有好報，太感謝妳了——」

兄弟倆一邊往外跑，一邊大聲說著謝，直到出了門，還能聽見他們的感謝聲。

唯姜婉寧覺得他們的感謝過於沈重，叫她受得心有不安。

黃老闆也不禁感嘆一聲。「這世道啊……」

姜婉寧緩緩吐出一口氣，把字帖交了後，卻拒絕了拿新紙，而是說：「麻煩黃老闆再借我一張桌子、一把椅子，我下午在外面接幾封書信，等臨走時再拿紙吧。」

黃老闆頓時鬆了一口氣，只要不是不幹了，怎麼都好。

考慮到今天陸尚不在，姜婉寧一個女流之輩單獨在外也不安全，黃老闆可不想丟了財神爺，索性自掏腰包去外頭請了兩個打手，就守在書肆門口，若是有人動手動腳，他們第一時間就能衝上去。

姜婉寧找了個小童回家跟陸奶奶和大寶他們說了一聲，叫他們晌午去鄰居家吃一頓，而她也顧不得吃飯，趕緊支起了攤子。

她怕過路的行人不理解，又找黃老闆買了一張硬紙，在上面寫了「代寫書信」幾個字，下面畫了指示的小人、桌子和紙筆，再用長線把信紙引向驛館的圖案上。

書信攤支起的前一個時辰都無人問津，雖偶有行人好奇地看上兩眼，但家裡並無需要，也不會花這個冤枉錢。

過了晌午最熱的那段時間後，街上的行人多了起來，有些需要給遠方親人寫信的人路過，便抱著試探的態度問了問。

姜婉寧說：「不論字多字少，都是八文錢一封，還會配有簡易圖案，就像前面展示的那樣。」

「多少錢？」路人懷疑自己是聽錯了。「我要是、我要是寫上三、四十字，也只要八文錢？」

「是八文，還會有配圖。先寫後付，滿意了再付錢。」說著，姜婉寧在大張的黃紙上裁下來一截，方寸大小，依照她寫字的習慣，能寫下二、三十字。姜婉寧補充說：「一般就是這樣一張紙，要是實在寫不下，可以添兩文錢，再加一張紙。」

那問價的路人還是將信將疑，一是不相信一個小姑娘能寫信、畫畫，二來他也不相信這麼大的好事會落到他頭上。

八文錢一封信？

肯定是騙人的吧！

就在他猶猶豫豫準備走掉的時候，卻見旁側又來了兩個人，一男一女挽著胳膊，應是一對夫妻。

姜婉寧不認識他們，他們卻是記得姜婉寧的。

只是她近來氣色好了許多，跟前段日子見過的還有些許差別。

婦人問：「您可是之前幫老婆婆寫信的那個姑娘？」

姜婉寧點頭，又把她的收費標準說了一遍。

夫妻倆面上露出喜色。「那您可以替我們寫一封信嗎？就十幾個字，只是麻煩您多畫一點畫，我家小兒在碼頭做工，我們怕他找不著識字唸信的人。」

「好。」姜婉寧研墨提筆，按著他們的要求寫明文字，又在兩側和下面空白處填滿了小人畫。

夫妻倆看過後極是滿意，付完錢後百般道謝，轉頭又跟旁邊一直觀望的路人說：「這是個好姑娘哩！你信她！」

最開始詢問的那人不再遲疑，當即給了錢，寫了一封信給遠方做生意的親戚，因他要寫的太多，後頭又添了一張紙。

而在姜婉寧寫信的途中，周遭圍觀的人也越來越多。

其中不免站了些之前見過她的，熱情地跟周圍人介紹起她的本事，又指著她桌前招牌上的字說：「你們瞅瞅，多簡單明瞭！」

八文錢對鎮上的許多人家來說，並不是一個很貴的價格。

而他們又見慣了動輒一字就要一、兩文錢的書信攤子，猛一碰到這麼實惠的，也不管是不是真需要了，全都湧上前排起長隊。

黃老闆雇來的那兩個打手一看人漸多，唯恐哪裡看顧不周，便站去了姜婉寧身後。有他們兩位猛壯的漢子坐鎮，自沒人敢來搗亂。

至於開在不遠處的那個書信攤子，早就無人在意了。

這一下午過完，姜婉寧接了大約十幾封信，收回的錢堪堪抵了筆墨，若說有什麼賺頭，大概連一個肉包子都買不了。

可她並沒有覺得哪裡不好，等給最後一個老漢寫完，從他手裡接過被攥得汗涔涔的銅板，她面上浮現出一抹釋然的笑。

她起身叫住要走的老漢，從銅板中撿出三文錢，重新遞回他手裡。「天色不早了，您拿這錢搭個牛車，一路小心。」

老漢愣了許久，嘴唇哆哆嗦嗦的，最後雙手合在一起，衝著姜婉寧拜了拜。「謝謝丫頭，謝謝妳……」

還有許多沒排上的人，他們就怕姜婉寧這一走又是好久不出現，因此圍在她身邊，偏要問出個準確時間來。

姜婉寧沈思片刻後說：「那便等後日晌午吧。往後我每隔一天來一次，午時來，太陽落山時走，要是有急事的就往前走走，不著急的便辛苦您多等一會兒。至於找我寫信的，永遠都是這個價錢，大家不用怕後面漲價，若有自帶紙筆的，我只收三文錢的辛苦錢。」

下午的時候黃老闆過來看了一次，叫她陸夫人，便叫周圍的百姓聽去，因此有人問：「陸夫人後日當真還來？」

「定是會來的。」姜婉寧再三保證，總算叫圍著的百姓們散去。

而她在桌前坐了整整一個下午，起身才覺出肩膀已經痠澀，拿慣了筆的手都有點難受起來。

她請後面的打手幫忙把桌椅搬回去，又領了下一次的字帖。

黃老闆有點擔心。「夫人來擺書信攤子，可還有時間寫字帖？」

姜婉寧道：「黃老闆儘管放心，我不會耽誤了您的字帖的，還是一旬兩到三張。再說您也認得我家，我要是失約了，您直接去家裡捉我就是。」

「哎，夫人說笑了！那我也就安心了，夫人路上小心啊！」

離開書肆後，姜婉寧拐去市場買了些蛋、肉、菜，只是到了收攤的時候，許多蔬菜和肉都不新鮮了，她挑著勉強合眼的買了點，只做今晚的晚飯，等明天天亮了她再出來買。

回家後兩個孩子已經走了，陸奶奶說他們做了功課，功課放在桌上，姜婉寧過去看了看，字跡稍有潦草，但數量卻是不缺的。

想到她日後常有不在家的時候，姜婉寧不禁有些頭疼。

這天陸尚回來得很晚，頭跟身體都帶著腥味，一問原來是去了河裡摸魚，還很得意地把兩條大草魚提給姜婉寧看。

「我今天把豐源村的魚和蔬菜給觀鶴樓送去了，福掌櫃說另外有幾家酒樓想找陸氏物流合作，他和馮少東家商量後，打算等下月組一次宴，屆時也好互相認識認識。

「這是我自己下河摸的魚，別說，豐源村的魚就是多，我跟著捉了半天，也逮上幾十條，這是裡面最大的兩條。明兒我還要去陸家村運桃兒，等後天回來我就給妳煲魚湯喝。」

陸尚拿了個大盆，往裡面倒了半盆水，又把魚給放進去。「且扔廚房養兩天吧，死不了就行。」

姜婉寧給他熱了飯，有心談及今天下午的事，可看陸尚興致勃勃的樣子，又有些說不出口。

這麼一拖，便拖到了睡覺。

陸尚躺在床上，閉著眼核算。「今天的魚和蔬菜賺了大概兩錢銀子，雖比不上肉鴨賺得多，但每日都有兩錢，一個月也有六兩了，約莫是夠了家裡的日常花銷。

「如今車馬談了下來，按月租賃，五輛車一個月二兩，這個倒是能暫時放下心。就是幹活兒的工人一直定不下，我就怕哪天幹活兒的人太少，萬一耽擱了送貨就不好了。原本我還想著再等一等，現在看來，還是要盡快把送貨的工人給定下，偶爾可以招一些短期工，但長工也要招下十到十五人。」

姜婉寧問：「夫君想好去哪兒招了嗎？我記得牙行也有不賣身只做工的人，價格也比較便宜。」

「牙行……」在陸尚心裡，去牙行招人實在有買賣人口的嫌疑，他有點過不去心裡那道坎，便有些猶豫。

正當他思量的時候，卻聽姜婉寧又開口說——

「我還有個地方，夫君聽說過平山村嗎？」

陸尚張開眼睛，在黑暗中轉過頭，模模糊糊能看見姜婉寧的輪廓。

如今兩人熟悉了許多，便也不一定背對著背睡覺了。

就像現在，陸尚一扭頭，便跟姜婉寧正好對上，也就是有著黑暗的遮掩，他們才能保持鎮定。

「好像聽過，還沒去過呢。怎麼了？」

姜婉寧斟酌一二才說：「我今天去書肆送字帖時，在門口碰上了兩個人，據說他們在那兒等了半個多月，就是想請我寫信來著。」她故意隱去了其中驚險，只把平山村的情況說了說。「我聽那蔡家兩兄弟說，他們村裡好多人都不願做獵戶了，只是他們出去做工也賺不到什麼錢，好多時候根本找不到工，我想著做獵戶的肯定都是身強力壯的，夫君要是缺人，不妨看看他們呢？」

說到底，姜婉寧還是為蔡家兄弟的事擾動了心神，又對自己的疏忽感到愧疚，便想幫他們一把。

也是湊巧陸尚要用人，不然她還真想不出什麼旁的法子。

陸尚聽進了心裡，終於想起平山村是怎麼回事。

平山村世代狩獵，村裡的許多人家都是老獵戶，就連陸家村的許二叔，也是跟一個平山村的老獵戶學得手藝。

要不是這幾年山上實在不太平，大多數人還是不願放棄這門祖傳的本事的。

姜婉寧只覺得他們身強力壯，有一把子力氣，可陸尚同時想到的是，獵戶狩獵的本事更是難得。

要是招來這麼一群人負責運貨，不說他們力氣大小，就是這路上的安全都添了許多保障。

想明白這點後，陸尚難掩心頭激動。

他反身抱了姜婉寧一把。「我的好阿寧，妳可真是我的福星！」

姜婉寧臉上一熱，忍不住從他懷裡掙出來。

陸尚正是興奮的時候，一時間也沒意識到自己的唐突。

緩了好一會兒，兩人的情緒才平復些許。

趁著說起平山村一事，姜婉寧又說：「還有那書信攤子的事，鎮上代寫書信的費用實在太高了，好多人家為了寫一封信，要省吃儉用好久才能攢得到錢，我想著倒也不必多賺錢，就當給人行個方便。我今天是說隔天支攤兒，每次寫半日，夫君看可以嗎？」

畢竟是拋頭露面的活計，姜婉寧就怕惹得陸尚不高興了。

哪想陸尚張口便是贊同。

「自然可以，這是妳的事，只要妳覺得好，我自不會反對。不過在書肆門口還是不安全，妳看是跟黃老闆似的找兩個打手護著，還是換個地方呢？我記得離書肆不遠的地方就有個代寫書信的書生吧？只怕妳搶了他的生意，他會懷恨在心，哪日若對妳做出什麼就不好了。」

聽陸尚這麼一說，姜婉寧也感出幾分後怕。

她想了想，問道：「那我要是把寫信的攤子擺到巷口怎麼樣？離家近，周圍還都是認識的鄰居，就算真有惡人，我也能大聲呼救呢！」

陸尚認真思考片刻後，點頭道：「我覺得可行。那等後天妳再去的時候，我陪妳一起，到時我給妳宣傳著，告訴他們去哪裡找妳的攤子，等後面名聲出去了，大家也都認識了。」

饒是知道姜婉寧的脾性，陸尚還是忍不住叮囑幾句。「妳跟人打交道的時候可千萬別和人吵架，不管誰對誰錯。我就怕妳吃了虧，有什麼事等我回來了再說，妳出門在外，一定要以安全為先。」

「嗯！我曉得的。」

到了後半夜，姜婉寧熬不住，先睡了過去。

陸尚反為她那書信攤子擔心，就怕她一個小姑娘在外被人欺負羞辱了，可算是也體會了一把輾轉反側的滋味。

不管陸尚心裡怎麼著急上火，供給觀鶴樓的鮮魚和蔬菜卻是一天都不能斷的。

今天到城門口的時候，來做工的村民就多了些，加起來約莫有二十人。

陸啟感激他給自家桃子找到了銷路，也不收錢，硬是要來幫忙。

今天除了豐源村外，還要去陸家村取一趟桃子，時間很趕，因此眾人去車馬行趕上車便匆匆出發了。

陸尚不願跟陸老二等人打照面，便在村口等著。

在他等待的這段時間裡，不出意料又聽了一段陸家的八卦。

就在四天前，王翠蓮回來了。

只是她才進家門沒多久，院裡就傳出她與陸老二的爭吵聲，前後不過半個時辰，她又被打了出去。

王翠蓮在前頭瘋跑，陸老二拎著掃把在後面追，在村裡追了好幾圈，最後以陸老二崴到腳告終。

而鬧了這麼一番後，王翠蓮自然也回不來了，灰頭土臉地又回了娘家，邊走邊罵陸家沒一個好東西，叫村裡人看盡笑話。

只是現在好多人都給陸尚做工，所以他們說起的時候，便隱去那些骯髒話，只說王氏又被打跑了，再偷偷打量陸尚的神色。

陸尚輕笑兩聲，轉提起村裡的莊稼。

眾人見他不欲多談，也只能收起看熱鬧的心思。

一直到天黑，這趟貨才送到，陸尚給每人多發了兩文的辛苦費，又一人給了四個包子，贏來一片道謝聲。

去平山村招工的事暫時還沒有著落，陸尚便沒跟他們透露。

只是他明天要去給姜婉寧看一看書信攤，過兩天還要去平山村一趟，中間有個三、五天時間不在，便需要這些人全程負責送貨。

陸氏物流剛起步，他承擔不起一點損失，便只能跟這些人說好，他不在時的工錢翻倍，但要是中途出了一點差錯，或者是貨物有一點不達標，往後就再也不找他們做工了。

在高價工錢的利誘下，眾人拍著胸脯作保，叫他儘管放心。

陸啟更是主動請纓。「陸大哥你放心去，我給你盯著，保准不出一點兒差錯！」

「行，那我就託付給你了！」陸尚拍拍他的肩膀，對其委以重任。

安排好了觀鶴樓的送貨後，陸尚總算能全心去準備書信攤子和平山村招工的事。

這天是要出去支攤的日子，因是提前定好的，也不會像上次那樣叫人措手不及，姜婉寧已提前一天買好了菜和蛋，又準備了兩張字帖留作功課。

到了約定好的時間，她和陸尚一起出發。

等到了書肆門口的時候，卻見旁邊已經有兩人在等著了。

黃老闆幫忙搬了桌椅出來，又見陸尚跟來，遂湊上前寒暄兩句，隨後看寫信的客人多起來，便自動地停止交談。

陸尚雖不通文字，可裁紙這樣簡單的事還是能做到的，便是研墨的活兒他依葫蘆畫瓢也弄得差不多，兩人配合著，效率更是提高了幾分。

後頭他看等待的人又多又亂，又指揮著排了個長隊，那些單純看樂子的，也一律往街邊站，別阻了旁人的道路。

當然，他也沒忘記最重要的事——

「咱家的書信攤子要換地方了，換去了衙門後頭的無名巷口，離縣衙就兩條街。以後大家要是有需要，可以去那邊找。辛苦各位給認識的人說一聲，下次您們來再給您們優惠！」

有親人好友在遠方的人本就不多，會寄送書信的更是少之又少，所以陸尚也沒搞什麼吸引客人的手段，只要叫人知道有這回事就好。

今天來寫信的人比之前只多不少，主要還是因為前日看熱鬧的太多，口耳相傳著，能畫小人畫的書信攤子的名聲也就打出去了。

姜婉寧一下午都沒停筆，而這回有了陸尚幫忙裁紙、收錢，她也少了許多操心，到了申時三刻，急需代寫的人就都接待好了。

剩下的有些看天色太晚，約定了下次再來，還有的原是想等一等，轉頭卻被陸尚勸了回去。

以至於等姜婉寧擱筆，她的桌前已經沒了人。

正這時，陸尚捧了一盞清茶過來。「阿寧快喝點水，這半天可是累壞了！妳先喝著，我再去端給妳。」

姜婉寧尚沒覺出口渴來，但被他這麼一說，還是喝了兩盞才停。

黃掌櫃從書肆裡出來，他也聽說了書信攤子要換位置的消息，對此他很是惋惜。「書肆門口不好嗎？咱這兒過路的百姓還是挺多的，人一多，照顧生意的也多。你們換去住宅區，可就不一定有這麼多人了。」

姜婉寧擺攤這兩天，進書肆看書、買紙筆的人都翻了一倍。

陸尚沒有戳破他的小心思，笑道：「不勞您掛心了，書肆離家還是遠了點，我想著還是挪到家裡附近比較好。」

他從頭到尾都沒有提及姜婉寧，擔憂也好、強勢也罷，一律是他的想法。

黃掌櫃雖然惋惜，卻也沒再多說什麼。

這天從書肆離開時，姜婉寧帶了二十張黃紙和兩盤墨，又挑了兩桿兔毛筆。黃掌櫃沒收錢，而是請她下旬再多交一張字帖。

這些紙筆的價值是超過一兩的，姜婉寧思量片刻後便同意了。

回家時正好在街口碰上龐大爺，兩個小孩坐在車上東瞅瞅、西看看，碰上姜婉寧後第一時間卻說——

「姨姨，我們都把功課做好了！」

「姊姊，妳快去檢查喔，我寫得可認真了！」

「我也很認真好吧？我寫的要比你寫的更好看！」

「才不是……」

剛才還手牽手好朋友的兩人，當即爭論起來，最後怒哼一聲，同時抱肩背過頭去，誰也不理誰了。

幾個大人笑得不行，姜婉寧只好說：「好好好，我回家就看，我相信大寶和亮亮，你們肯定都用功了。」

這般，才算把兩人重新哄高興了。

龐大爺隱約覺出兩分彆扭來，可一時又說不出到底是哪裡怪異，他跟陸尚和姜婉寧打了聲招呼，便趕車從此地離開。

等他走遠了，姜婉寧眉間才浮現一抹憂色。

「怪我沒跟他倆交代好，在外面還是少與我說話為好。剛剛他倆只說叫我看功課，也不知龐大爺會怎麼想？萬一發現了什麼……」

陸尚聽完她的擔憂，卻是不以為意。

「發現便發現吧，都是早晚的事。再說，叫誰教書有關係嗎？他們兩家的孩子在妳這兒學了將近一個月，就說有沒有學到東西吧？要是他們只因妳是女子便不願送孩子來了，那我反倒覺得，這學生不教也罷。」陸尚說著，在姜婉寧背後輕撫兩下。「阿寧放寬心，既然妳沒有錯處，那就什麼都不用怕。」

姜婉寧欲要反駁，可話到了嘴邊，又覺沒什麼意思。

她甩了甩腦袋，再抬頭便掛上了笑容。

「夫君說得是。」

兩人進門才發現，陸奶奶已經做好了飯。她蒸了一鍋魚肉餡的包子，只是沒掌握好火候，好多魚肉都被蒸散了。

「我看廚房裡的魚都蔫了，就怕再放一晚上就死掉不新鮮了，便給殺了蒸了包子。這還是田大姊告訴我的，誰知道沒弄好……」陸奶奶捧著失敗了大半的魚肉包子，聲音裡滿是懊悔。

誰知姜婉寧嚐了一口後，驚喜道：「好好吃呀！」

陸奶奶的懊惱止住，頗有些不敢置信。

「婉寧是說……這包子嗎？」

姜婉寧又咬了一大口包子，用行動表達了她的想法，等把手裡的包子吃下去大半後，才肯定道：「是呢！奶奶蒸的包子可真香！這魚肉餡就是要散著才好吃，魚的鮮味全浸到麵皮裡去了，我今晚要吃三個才行！」

「好好好，吃三個，吃得越多越好！」

陸奶奶笑得睜不開眼，忙把剩下的半屜包子端過來，一股腦兒全推到了姜婉寧跟前。

她高興地坐到姜婉寧身邊，看她吃得香，心裡更是美得不行。

陸尚看她三兩句就哄好了老太太，也不禁露出笑來。

至於這包子到底好不好吃？老人家辛苦了半天做的飯，他們這些白吃的，哪來的底氣挑三揀四？

飯後陸尚去洗刷碗筷，姜婉寧把她要支個書信攤的事給陸奶奶說了一遍。

陸奶奶不懂什麼幫不幫助的，但在她心裡，能寫字的都很厲害，這替別人寫字，一定是更厲害的。

她唯一擔心的只有一件事——

「尚兒同意了嗎？」

姜婉寧說：「夫君也是支持的。前兩次的攤子是支在別處，我也是跟夫君商量後，才決定搬來巷子口。到時您要是有什麼事了，到巷子口就能找到我，晌午跟晚上我也能及時回來，就省得您操心做飯了。」

「哎，做幾頓飯是無妨的，我總不能待在這兒啥也不幹吧？妳和尚兒都有大本事，自去忙你們的，這家裡啊，趁著我還在，也給你們幫幫忙。」

陸奶奶擺了擺手。她自喬遷宴後就想提出搬回陸家村，可現在聽著小夫妻倆都要出去忙，這忙了一天回來只怕連口熱呼飯都沒有，她光是想想就覺得揪心，那想走的話是怎麼都提不出來了。

等陸尚洗好碗回來後，祖孫三個又坐了一會兒，隨著天色漸暗，這才相繼回了房間。

第十七章

誠如陸尚和姜婉寧說過的，把書信攤子開到家門口會多了許多方便，別的不說，只路上要費的時間就縮減了大半。

姜婉寧計劃兩天一次出攤，對於不去的那一日，她也有了新主意。

她從家裡找了一張老舊的桌子，把桌子搬去了巷口不礙事的地方，在上面立了之前的招牌，又在招牌上掛了另一張紙，寫著——

急事請入內尋找。

紙上畫了一個流汗的小人，小人走過長長的巷子到達一處宅子外，宅門一打開，便是寫信人了。

除了流汗小人沒有臉，剩下的無論是宅子還是巷子都畫得栩栩如生，只要仔細瞧上一眼，定能找到她家來。

而姜婉寧在代表自己的小人手上又畫了紙和筆，含義明顯。

對於她的舉動，陸尚很讚賞，只考慮到陌生人上門許有隱患，他便琢磨著家裡是不是該養條看門的大狗？

姜婉寧思量後也說：「是該謹慎些，那我便先把紙扯下來，若有人真有急事，肯定會在桌前等著，我早晚都會出門，總會看到的。」

「也好。」

等把寫信的桌椅放置好後，陸尚便要出門了。

他這回是要去平山村，看能不能給物流隊招些長工來。

只是想到他們那兒常有豺狼，陸尚又從家裡尋了把斧頭出來。斧頭前些天才打磨過，至今還沒用過呢！

他怕多說會引發姜婉寧擔心，拎著斧頭來不及打招呼，便從門口偷偷溜走了。

等姜婉寧發現時，家裡早沒了陸尚的影子，只在院子裡的圓桌上留了一張紙，上面寫著歪歪扭扭並不熟練的字——

明日歸。

再說陸尚這邊，他到城門口問了一圈才發現，城門這兒有七、八輛牛車，竟沒有一輛會經過平山村。

有個矮矮胖胖的大爺勸他。「後生，你要不是平山村的人，可不要過去涉險喔！他們那兒遭了狼，這些天死了好些人哩！」

這話叫陸尚的面色更加凝重了，可遲疑良久，他終究還是搖頭拒絕了。

從塘鎮到平山村，若是走路要走上整整一天才能到，陸尚是過去招人的，可不是想把自己的小命折騰在半路上。

他只好再回鎮上，去車馬行找熟悉的管事租了一輛驢車，選了車馬行裡最小的一輛，兩天只要二十文錢。

只是說及他要去的地方後，整個車馬行裡竟沒一人願意駕車。

就連那管事都心有戚戚焉地說：「陸老闆，您真要去平山村啊？他們那兒這段日子鬧得可厲害了！我倒也不是心疼這驢車，就是怕你遭到什麼不測。」

整個塘鎮內外，無論是鎮上的車馬行，還是周邊村裡趕車的百姓，都知平山村的困境，可便是這樣了，仍未曾聽過丁點兒關於官兵支援的消息。

陸尚扯了扯嘴角。「管事不用擔心，我要是真回不來了，你這驢車的錢就去我家裡要，你上次不是也去過我家吃宴？」

管事不禁訕訕的，摸了摸後腦，轉去後面尋了一把長砍刀來。

「罷了罷了，陸老闆便去吧，我這刀也借給你，等你回來了還我。」

陸尚沒有推辭，連同他的斧頭一起丟進車裡。

至於沒有車夫駕車也無妨，陸尚跟著送了這麼多天的貨，趕車的本事多少還是學到了幾分的。

管事好心，叫行裡趕車最好的老漢教了他兩招妙計，等陸尚掌握得差不多了，便獨自趕著車離開了。

平山村實在太偏遠，陸尚半上午時出發，一路上邊問路、邊趕車，硬是到了傍晚才抵達村子，又在村口被放哨的村民給攔下。

只見村口豎起了圍欄，半人高的圍欄上纏滿了帶有倒刺的藤蔓，圍欄頂端還豎了尖槍和刀刃，後面放哨的百姓足足有二十人之多。

「來者何人？」

「此處可是平山村？」

兩道聲音同時響起。

陸尚從驢車上跳下來，退後半步表示並無惡意，然後大聲喊道：「我是塘鎮來的商人，聽家中夫人說平山村的百姓欲尋其他生計，便來看看有沒有要做工的，我想在此招工。」

放哨的村民聞言卻是將信將疑。

正這時，從人群後面走出來兩人，個子高的那個靠在圍欄後打量半晌後，忽然問：「你是不是鎮上那個給人寫信的夫人的丈夫？」

其他村民沒想到竟是認識的，忍不住向陸尚投去打量的目光。

陸尚也是一怔，旋即回過神。「你們就是找內子寫過信的蔡家兄弟？」

雙方互通過名姓後，哨兵這才把圍欄拉開，放陸尚的驢車進來。

蔡勤帶陸尚往家裡走，路上不禁問：「陸老爺剛才說的招工是指？」

陸尚說：「實不相瞞，我在鎮上做些物流生意，就是跟押鏢有些像，但不像鏢局那樣走南闖北，現在只在塘鎮一帶活動，現今生意擴大，我這邊就需要招一些長工。正好前兩日我聽內子說起平山村，聽說你們這邊多是獵戶，身強力壯，自有一把子力氣，便想著來你們這邊問問，看有沒有願意跟著我做工的。」

行走間到了村長家，村長夫妻聽見動靜走了出來。

蔡勤給雙方介紹一番後，又說了陸尚來此的目的。

有一些跟來的村民，對此事也是頗感興趣，忙追問道：「老闆能仔細說一說嗎？」

陸尚只好再跟他們介紹一遍。

最後談起大家最關心的工錢，陸尚說：「工錢和短工是一樣的，但比他們多出一個月終獎來，就是比如一個月三十天，你三十天都在做工，又每天都很賣力，那月底就會多給你一成的報酬作為獎勵，一年都如此的話，年底還會另給你賞錢。當然，這只是這段時間的工錢，後面要是工作量增加，我也會適當地提高工錢。」

不得不說，工錢加獎金加年底賞錢的方式，叫許多人動心不已。

老村長這些年見多了出去謀生路，卻再無音信的例子，而陸尚這裡的活兒不光能長期做，更是離村子近，一年到頭總能回家住幾天，這樣他們平山村也不至於徹底成為荒村。

思緒回轉間，老村長一錘定音。「蔡勤、蔡勉，你倆去把鄉親們都叫來，就說有老闆來招工了！」

村長發話，總比陸尚一家一家去問要好。

這時村長夫人從屋裡走出來，喊大家進去吃飯。她原本只炒了兩個素菜，後來見有鎮上的貴客來，又趕緊炒了一盤雞蛋，還把家裡最後半塊臘肉給炒了，勉強湊了四菜一湯。

飯桌上，陸尚並沒怎麼去挾雞蛋和臘肉，只隨便吃了吃，更多時候還是在打聽平山村的情況。

平山村受狼群侵襲已有一月之久，最開始他們沒有經驗，常常在半夜被惡狼偷家，為此死了三、四人，後來才添了圍欄，以及組織村民放哨巡邏。

這半個月裡，村裡已經沒有再因狼群而產生傷亡，但鄉親們日夜巡守，也是滿心疲累。

村長面上的皺紋完全擠在一起。「我是沒有辦法了，只希望能挨到冬天，狼群能沈寂下去。」

陸尚不禁沈默了，片刻後，他又問：「衙門那邊……那要是去最近的守城官那裡求援呢？」

村長搖頭。「沒用的，縣衙和守城官那裡我們都去了，大人只說會來、會來，可我們等到現在，卻沒有看見任何人來……罷了罷了，只希望去了遠處的村民收到信後能回來。」

送走的信是送去北疆的，他們也是聽說，當初去當兵的那個村民做了百戶，手下管著百十號人，只不知對方得知了平山村的困境後，願不願意回來幫幫忙。

沒過多久，村裡的民眾都被招呼過來了。

陸尚出去一看，才發現村裡的青壯年已經不多了。平山村有二百多戶人家，可放眼望去，正值壯年的男人也才一百多人，平均每戶人家只一人不到。

後來聽村長說，不光青壯年的男人，便是一些婦人，也跟著丈夫外出做工了。

這種情況持續了幾年，村裡的小孩也變少，要是繼續下去，平山村消失也只是早晚的事。

陸尚沒有去想平山村的以後，他只是當著全村人的面，將他招工的事又說了一遍。

村長在旁幫忙勸說。「情況就是這樣了，我覺得給陸老闆做工挺好的，要是有誰願意去，便可以跟陸老闆說，看看什麼時候動身去幫忙。」

老實說，想做長工的人還是挺多的。

就陸尚說完後，不過才過了半個時辰，他身邊就圍了四、五十人，左一言、右一語地跟他問著。

陸尚耐心解答了所有問題後，忽然想起一事來。

「對了，除了長工之外，我還要招三、五個婦人管洗衣、做飯，就是給長工做飯的，跟他們住在一起，所以稍微上點年紀的最好。」

他也不是不想要精力好的年輕婦人，但這個時代，他總要在意著女子的名聲，反正只是洗衣、做飯這樣的簡單事，年紀大小也沒什麼關係了。

這下子，圍在他身邊的已經不光男人了，還有幾個阿婆，大聲打探著她們能有的工錢。

陸尚說：「一個月一錢，管吃管住，也是有月終獎和年底的賞錢⋯⋯」

話剛說完，大家就爭先恐後地圍了上前。

「哎，慢慢來、慢慢來，我要招的人多，只要大家願意來，我這邊能收下好多人！對了，還有月假，每人一個月有兩天的假，這兩天就是不做工也有錢領。」

到最後，除了實在走不出去的老人和孩子，半個村子的人都圍了過來。

村長被擠到最後面，見狀又是欣慰、又是難受。半晌過去，他背著手緩緩離開，忍不住思考起，若這些人都走了，那剩下的老弱婦孺，又該如何抵禦狼群的侵襲？

可叫他把人攔下⋯⋯總不能叫村裡的兒郎們，永遠被困在這個小山溝裡啊！

這場招工一直持續到半夜，要不是蔡勤在後面招呼該去巡邏盯梢了，村民們還不願散去。

也幸好陸尚從車馬行拿了半枝炭筆，又在空地上尋了一塊木板來，有報名的便記上一筆，等後面粗略數算，能押貨做長工的足足有八十多人，能洗衣、做飯的也有七人。

隨著他數出人數，一直跟在他旁邊的蔡勉忽然開口說：「大家都走了，那誰來守護村子呢？村裡還有那麼多老人跟孩子，我們該怎樣保住他們⋯⋯」他並非是在向陸尚質問，只是自己低聲喃喃自語著。

偏偏這話叫陸尚聽去了，也讓他渾身一震。

陸尚並非什麼道德感極強的大善人，可他卻知道，要是他真把村裡的大半青壯年帶走，被留下的那些村民真就危險了。

他不覺地皺起眉頭，望著遠方忽明忽暗的火把，驀然問道：「你們就沒有想過，將狼群徹底趕走，或者全部捕殺了，一勞永逸嗎？」

蔡勉苦笑。「怎麼就沒想過？但老闆您知道山上有多少狼嗎？到了後半夜您去村口看看，密密麻麻的全是狼群的綠眼睛，根本就數不過來啊！我們村最厲害的詹獵戶，他可是能徒手制伏野豬的人，面對這樣多的餓狼也束手無策，就連頭狼都找不到，談何將牠們制伏呢？」

陸尚往木板上看了一眼，在最後有個小小的「詹」字。

他想起來了，在報名的最後時間，有個一身腱子肉的男人在旁邊徘徊了好久，最後才很猶豫地報出名字。

陸尚摩挲著手指，垂首不知在想些什麼。

就在蔡勉打算告辭，去村口看看情況的時候，卻聽背後傳來一道清冷的聲音——

「我倒是有個法子，不妨試上一試，說不定就能捕殺大部分餓狼了呢。」

蔡勉猛然回頭。「陸老闆，您說什麼?!」

陸尚說：「帶我去村口看看吧。」

這一晚，平山村雖沒有受到狼群進襲，可陸尚還是體會到了什麼叫做毛骨悚然。任誰僅隔一道圍欄與狼群相望，恐怕也無法冷靜。

村長說：「這些狼已經在村外徘徊有七、八天，這些日子牠們雖沒再闖進來，可有經驗的人都知道，牠們這是在等待時機呢！只盼著在牠們發起進攻前，能有人來幫幫我們吧！」

從夜半到太陽東升，全村人都繃緊心裡那根弦，每家每戶的青壯年都走出家門，輪班在村裡各個哨卡值守。

陸尚跟著村長在村裡繞了一圈，發現並不只村口設了圍欄，還有幾條能通向山林的小路，也全被泥牆給堵死了，整個村子都被圈了起來。

人們正是高度緊張的時候，陸尚也就沒有說出他那個並不一定可靠的法子。

直到天光大亮，村民收拾著獵刀、弓箭準備回家時，陸尚才找上村長。「您有見過戰場上那種阻攔戰馬的陷馬坑嗎？」

對面一群人面面相覷，都沒想明白這是個什麼東西？

陸尚只好一邊比劃、一邊解釋。「就是在一些不明顯的地方挖深坑，在坑內豎好尖刀、鐵矛等物，若是有野狼掉進去，便很難逃生了。」

「那不就是山上捕獵物的陷阱嗎？」有人大聲喊道。

陸尚眼前一亮。「對，和陷阱差不多。不過陷馬坑往往是很長、很大的一段，考慮到野狼的跳躍性頗好，寬度也要足夠，這樣才能叫牠們逃不開，而外面的狼太多，那更是要多準備一些。我想的是，除了鐵矛、尖刀之外，還可以在坑底堆一些乾草，在草上灑滿油，等野狼掉進去後，叫村民往裡面射火箭。」

獵戶打獵的陷阱很少會設置這樣要命的東西，而放火燒更是會把獵物的皮毛和肉都毀掉，自然也不在他們的考慮範圍內。

陸尚提出的方法雖然殘忍了點，但用來對付威脅村民性命的狼群，那便沒有任何不妥了。

村長忍不住跟左右的人商量起來。

要是沒有陸尚招工一事，他們興許還能再拖、再等，可如今這樣好的活計送上門來了，總不能因為村外的一群畜牲，反阻了大家的財路。

眾人商量片刻後，議論聲漸漸平息。

村長眼含期許，熱切地問道：「敢問陸老闆，可知這陷馬坑該如何設置才好？」

村長組織了一群經驗豐富的獵戶，隨著陸尚一起去到村外，在幾個狼群觀望聚集的地方考察了一番，最後選出六個地方來。

這六處地勢稍低，從天然環境上就為陷阱提供了優勢。

而幾個獵戶一合計，也估算出野狼跳動的最高距離和最遠距離，根據這個數畫好位置，剩下的就是挖深坑、設埋伏了。

也虧得平山村是有名的狩獵村，家家戶戶都有些利器，等把各家的刀刃、弓箭湊到一起，勉強能把幾處陷馬坑都填滿。

乾草就從地裡現割，提前曬上個三、五天，便也準備好了。

最後就是引燃乾草的油。

陸尚說：「炒菜的油就行，要是實在沒有了，用肥豬肉現熬也可，再不行就去鎮上買，我給你們先把錢墊上。」

「不用不用，豈敢叫您破費！」村長連連拒絕。「村裡還有兩頭豬，今兒就把這兩頭豬給宰了，到時就能煉出足夠的豬油來了。」

陸尚點頭，又叮囑幾句。「等陷馬坑快挖好了再殺豬，不然血腥味太大，就怕會激發狼群的凶性。還有，豬肉也可以留一點，扔在陷馬坑對面，好引牠們往前。」

「好好好，我們都記下了！」

那位詹獵戶又單獨找陸尚問了一些細節，只可惜陸尚只知陷馬坑的存在，並沒有深入了解過，只能叫他們多憑經驗來。

最後，詹獵戶說：「陸老闆不光給我們提供了維生的活計，還替我們想出制伏狼群的方法，若是這次真能解了狼群之困，往後我老詹這條命就是您的！」

「不至於、不至於，能幫到你們就好。」陸尚哭笑不得。

挖陷馬坑需要三、四天時間，後等著狼群進攻又不知什麼時候是個頭，陸尚不可能陪他們守著，既然交代完了，便也該離開了。

他給了這些村民半個月的時間，若是半月之後還受困於此，只怕他便要另招長工了。這事給大家說完，村民們也都表示了理解。

從平山村離開時，村裡人還捧了兩疋狼皮過來，都是仔細打理過的，回家裁剪縫製一二便是一件極好的狼皮衣了，冬天尤其保暖。

陸尚受了他們的心意，揮揮手，趕車離開。

這麼長時間以來，陸尚還是頭一次在外過夜，之前還不覺得如何，這出去一晚上，他才琢磨出幾分思念來。

他不想細究到底是在思念誰，便一律歸咎於家。

想家嘛，人之常情罷了。

等陸尚回到塘鎮，又是到了半下午的時候，他趕緊去車馬行還了驢車。

管事看他安全回來，無論真心還是如何，最終鬆了一口氣。

管事送他離開，少不得念叨兩句。「陸老闆眼下家庭美滿，事業順遂，何必親自往那等窮鄉僻壤裡鑽？這也就是運氣好，沒碰上什麼東西，萬一真有什麼事，便是不為你自己，也該為家中少妻考慮考慮吧？」

陸尚不欲與他爭執，只好點頭應下。「是是，您說得是。這次是我衝動了，往後再有什麼打算，一定仔細思量。」

「欸，這就對了嘛！」

從車馬行離開後，陸尚順路去了觀鶴樓一趟。他這兩天不在，將生意全交給底下人，這回來反倒撲騰起心來。

福掌櫃聽說他來，特意出來見了他一面。

聽陸尚問及這兩天的貨物，福掌櫃才知道原來他出門了一趟。「怪不得我這兩日沒見你來，原來並沒有跟著物流隊走啊！哈哈哈，都好都好，送來的蔬菜和魚都新鮮著，廚房用得挺好的，便是客人都說今天的魚格外大呢！

「你手底下那個管事的是誰？我瞧著他倒是個盯事的，往後陸老闆要是有事要忙，將這生意交給他看顧也還算行，我瞧他管上貨、卸貨都仔細，跟幹活兒的工人們也還算談得來。」

「沒耽誤了您的生意就行。」陸尚笑道。「您說的那個管事我大概知道是誰了，上回喬遷宴上您也見過他吧？」

福掌櫃想了想。「好像是吧。」

陸尚又問了問店裡新菜的情況。

上回店裡的廚子只跟陸尚學了糖醋魚和酸菜魚的做法，這段日子新菜賣得挺好的，福掌櫃便想再添兩道菜。

陸尚爽快應下。「那好，等明天送貨來的時候，我再來教兩道。」

「好好好，辛苦陸老闆了！」

離了觀鶴樓，陸尚終於能直奔家裡去。

只是從觀鶴樓到家這一路，他幾次停下，在街上看見什麼好吃的、好玩的，或者覺得姜婉寧會感興趣的，總要買一些。

等他進了家門，已然是左右手全拿滿了。

姜婉寧聽見聲響出來，剛出門就被陸尚喊了一聲。

陸尚舉起手裡的東西。「阿寧快來，我給妳買了吃的，還有新鮮的梨子，這邊還有兩個香囊，妳看看喜不喜歡？」

姜婉寧才張口，陸尚便走到她跟前，不由分說地給她展示著手裡的東西，找香囊時還順手餵給她一枚梅子乾。

姜婉寧呆愣片刻，持續了兩天的擔憂驟然化解，她忍不住笑起來，彎腰幫他一起整理這些亂七八糟的小玩意兒。

還有那兩疋從平山村帶回來的狼皮，姜婉寧本想做兩件皮衣，打算等冬天穿，可陸尚想起那做針線時被戳破的手指，想也不想就把狼皮搶了過來。

「不行！」迎著姜婉寧滿面的錯愕，他磕巴道：「我是說、我是說這兩件狼皮不好，咱不要了，趕明兒給賣了吧，以後有好的我再買給妳！」

這畢竟是他帶回來的東西，姜婉寧便是有些惋惜，卻也沒再討要。

為了慶祝陸尚回來，兩人一起下了廚，做了整整五道菜。

陸奶奶回家看到桌上擺著的大葷，還以為家裡又要來客人了。

客人自然是沒有的，這些菜只他們三口享用。

陸尚試探著做了一道辣子雞丁，可惜陸奶奶吃不了一點辣，就連他也受不太住那種麻辣，淺嚐了兩口也就罷了。

反而是姜婉寧吃得面不改色，被陸尚問了，她也只是有些疑惑。

「我覺得還可以吧……倒是挺下飯的。」

陸尚忍俊不禁。「那等下回我弄點牛肉來，給妳做小炒牛肉，那個還要更辣一點，妳肯定喜歡。」

兩人明明只是在說著家常，可陸奶奶坐在旁邊，卻莫名有股被排斥在外的感覺，尤其一打量兩人之間的目光——

咦？

陸奶奶偏過頭去，可不好意思再看了。

後面兩天的生活恢復了正常，陸尚每日在村子裡和塘鎮穿梭，但每天回家時，要不提一籃雞蛋，要不買一塊瘦肉，再不就是三、五塊點心，反正總要給姜婉寧帶點什麼。

等到了晚上兩人再坐一起，陸尚於識字上進步飛快。

姜婉寧的書信攤子換位置後冷清了兩日，但慢慢的人流量也就恢復了，巷子口的單家看排隊的人挺多的，就在家門口擺了個涼茶攤，一文錢一個人，添水不限量。

就連街上叫賣的小商販都願意往這邊走了，站在書信攤子旁看一會兒熱鬧，等出去了還能幫忙宣傳一二。

姜婉寧還是維持著原來的價格，且兩日一出攤。

但隨著生意平穩後，她也慢慢把大寶和龐亮給帶了出來，叫兩個小孩跟在她旁邊，無論是學一學待人接物，還是看看信，總比一直悶在家裡好。

陸奶奶怕兩個孩子跑丟了，一般也會跟著出來，她就遠遠地坐在巷子裡的臺階上，視線始終落在大寶和龐亮身上，然後每隔一段時間給姜婉寧三人送點水，被等著寫信的人問到了，她也只是擺擺手。

反而是姜婉寧會大方地說「這位是夫君的奶奶」。

陸奶奶嘴上沒說什麼，偏嘴角的弧度越來越大，再有人找她搭話，也敢小聲地應上兩句了。

無名巷子裡的書信攤子生意格外好，饒是姜婉寧賺不了三、五個錢，可這邊的生意還是叫許多人眼饞，尤其是其他書生的攤子，那等高昂的代寫費用下，越來越多人寧願排隊等，也不去他們那兒了。

這天下午，姜婉寧正準備收攤回家，卻見一個衣裳打了補丁的婦人走過來，上上下下打量她一遍，然後問——

「妳可是陸家買來的媳婦兒？」

姜婉寧很不喜歡她的目光，那目光又尖又利，叫人很不舒服。

而婦人的問題更是叫她一愣，回神後下意識搖了頭。「妳是？」

婦人沒理她，嘴裡也不知嘀咕了什麼，轉頭便從這兒離開了。

姜婉寧看她的背影從附近消失，饒是滿心懷疑，卻也沒有人能解答，只好定了定心，拿上剩餘的紙和筆，帶著大寶和龐亮回家去。

大寶揪著衣角。「姨姨，剛才那個人好眼熟呀……」能知道姜婉寧是陸家買來的，多半是陸家村附近的人，便是大寶眼熟也屬正常。

姜婉寧柔聲安撫了幾句，心裡卻意外不舒坦。

而她不知道的是，就在她轉身後，不遠處的胡同裡走出兩個人來，一男一女，女的就是剛才問話的那個，男的可不就是王翠蓮的弟弟。

王占先一臉陰沈，無論是臉上還是露出的胳膊上全是瘀青，走路時一瘸一拐的，還有一隻胳膊彎出不自然的弧度。

王董氏沒了剛才的氣焰，扶著王占先，唯唯諾諾道：「剛剛那人，應該就是姊姊她繼子的媳婦兒……相公，你看她一個女人家都能把生意做得那麼好，陸家那個病秧子肯定也不差，他倆定是賺了不少錢。她和陸家的病秧子賺了錢，哪有不給家裡的道理？姊姊還一直說沒錢、沒錢，我看就是不願意給相公你了……我倒不是怪姊姊藏私，只是相公你欠賭坊的錢要是再還不上，那你的另一條胳膊——啊！」

「啪」的一個巴掌，將王董氏的話打斷了。

王占先的臉一沈。「閉嘴！」

王董氏捂著臉，只眼裡含著淚，不敢再說話了。

王占先站在原地看了好久，然後才說道：「走，回家！姊她就是短見！上回我明明已經贏了錢，要不是她不肯給我錢，我後面肯定不會輸，又何至於被人打斷一條胳膊？這回她最好痛痛快快把錢給我，不然——」王占先發狠道：「是她先不顧我這個弟弟的，可別怪我不要她這個姊姊！」

王董氏小碎步跟在他身後。「是是是，等相公你有了錢，肯定還能贏更多，到時候咱們家就好了……」

昨天晚上，陸家村發生了一起大事。

聽說是王家那個男的把他姊姊打了個頭破血流，要不是姊姊拚死逃回了夫家，興許就這麼沒命了！

陸家村的人對此事多有議論，連村裡的短工也聽了幾嘴。

轉天送貨時，陸啟把這事給陸尚說了一遍，而後嘀咕道：「王占先非說陸哥你在鎮上賺了大錢，認定王氏手裡還有錢，今兒一大早就去陸家了。不過陸哥你家裡有兩個大男人，陸二叔也不是吃素的，抄著掃帚把他打得吱哇亂叫，後頭陸顯還給他娘報仇，偷摸著踹了他兩腳……」

反正姜婉寧和陸奶奶都在鎮上住著，村裡隨便鬧成什麼樣子，只要沒出人命，陸尚便也沒什麼好在意的，只當聽了個笑話。

後頭又是送菜、送魚，大家忙著，也就沒心思討論這些閒事了。

只是陸尚忽略了一點——

有些人自己過不好，便也看不得別人好。

像那王翠蓮，晌午醒來後不怪王占先心狠，反怪起陸尚和姜婉寧來，尤其是那被她買來的小賤人，她只要一想起來便恨得牙癢癢的。

物流隊的人幹的次數多了，整套送貨的流程也熟練了起來。

且陸尚記著福掌櫃對陸啟的誇讚，有心培養他做個小管事，便有意放手叫他安排，自己反倒輕鬆許多。

這天把貨物送到後，陸尚照例付了工錢，把人遣散後，又去觀鶴樓教大廚做了兩道新菜，等忙完這些，外頭已經徹底暗下來。

福掌櫃給他準備了一飯盒熱菜，叫他帶回去當晚飯。

今天回去得遲，雖買不了東西，但這一飯盒也算有東西了。

陸尚哼著小調，只覺心頭一片輕鬆。

然而等他到了家，一推開門，卻以為自己走錯了家門口。

直到見姜婉寧從屋裡出來，他直接把飯盒丟在地上，三兩步衝過去，將姜婉寧護在身後，戒備地看著滿院子的男人。「你們是誰？」

只見人群裡走出一個人來，那人瞪著眼。

「陸老闆，我是詹順安啊！平山村的！您不記得我們了嗎？」

陸尚仔細看了半天，終於認出他來。

也不知詹獵戶這幾天是經歷了什麼，原本光潔的下巴上長滿了鬍子，頭髮也被燎沒了大半，半個腦袋都是禿著的。

難怪陸尚一開始沒認出他來。

不等陸尚發問，詹順安便把這些天的經歷講了一遍。

這些事姜婉寧已經聽過一回了，如今再聽一遍，還是覺得驚心動魄。

原來自陸尚從平山村離開後，他們便出動全村人挖陷馬坑，因為狼群只在後半夜出動，他們便有一整天加半個晚上的時間，這樣日夜趕工，只用了三天就把全部的陷馬坑給挖好了。

而後他們趕緊佈置好陷阱，又殺了豬、煉製豬油，把全村的油都灑在乾草上，就等狼群出動了。

那日陸尚的警告果然沒錯，他們白天才殺了豬，強烈的血腥味刺激了狼群，當天夜裡就有了異動。到了子時，伴著頭狼的一聲嚎叫，狼群直撲平山村而來。

好在村民早早做好了準備，全村的漢子都守在村口，不成功便成仁，能不能把這些畜牲殺光，就全看這天晚上了。

隨著第一頭狼落入陷馬坑，後頭的狼根本停不住腳，接二連三地陷了進去，一時間村子外全是野狼的慘嚎聲。

後頭的狼群生出戒備，有心要撤退，偏偏稍微一動，又陷進了旁邊的坑裡，四面八方，全無退路。

這群不知從何處來的野狼足足有二百多頭，單是落進陷馬坑裡的就有一百多隻，剩下的那些尋著退路，轉身欲逃。

誰知就在這時，從天而降的火箭射入陷馬坑中，火舌騰空而起，而平山村的圍欄被打開，村裡的漢子們操著獵刀、斧頭，吶喊著衝了出來。

詹順安的頭髮就是在追殺野狼時被火舌燒到的。

「真他娘的爽！」便是現在想起來，詹順安仍要說一句。「那些畜牲不是要傷我村裡的鄉親嗎？如今看牠們如何囂張！我抓了頭狼，把牠的屍體掛在了村口，後面再有外來的野獸想來，也要掂量掂量自己的本事！還有剩下的那些狼，也被分開埋在了村子周圍，只做警示了。」

一夜鏖戰後，村民們沒有死亡，只受了些傷，至於慘烈拚殺下沒能保住野狼最值錢的皮毛，他們也全不在意。

他們都要去做長工了，誰還在乎這些搏命的活計！

這不，平山村的困境才解，詹順安就帶了二十多個村民找來了。

他們並不知道陸尚的家在哪兒，卻打聽到了那個能畫小人畫的書信攤子的位置。既然陸老闆和寫信的夫人是一家人，找到了夫人，自然也就相當於找到陸老闆了。

姜婉寧聽他們講明後，便把人帶回家裡。

好在他們家院子破是破了點，地方還是足夠大的，再去鄰居家借上點椅子、凳子，也能叫這些人坐下。

詹順安說：「陸老闆！當初說好了，只要能解了狼群之困，往後我這條命就是您的！老闆您有何吩咐，儘管交代給我！」

他的爹娘便是死在了山上野狼的嘴裡，等被人發現時，屍體都被毀壞了，他此生最恨的就是狼。

而陸尚提出的方法不光叫他們村子免受狼襲之苦，更是直接殺了這麼多野狼報仇，他心底的感激簡直難以言表。

陸尚並不知其中隱情，聞言也沒多放在心上。

他擺了擺手，有些無奈地道：「那這樣，你們今晚先找個客棧住下，客棧的錢我出。明天你們先回平山村，過上個三、五日我再去接你們。現下供你們住的房子還沒找到，你們等我安排妥當了，再叫你們來上工，這樣可行？」

詹順安這才意識到，他們的突然來訪反給陸尚造成了麻煩。「那不用，我們用不著住客棧，我們連夜回去就行！」

陸尚沒有跟他爭辯，只轉頭叫姜婉寧去取了錢。

「反正錢是給你們了，你們住不住我也管不了，只是夜路多有危險，萬一你們回去的路上受了傷，那我可就要少一個能幹活的長工了。」

在他的勸說下，詹順安只好聽從。

其餘人跟著詹順安來，也全聽他的吩咐，尤其是見了這樣為他們著想的老闆，簡直恨不得明天就來幹活。

可惜陸尚這邊還沒準備好，他們也只能先離開了。

好不容易把平山村的這些獵戶送走後，陸尚忍不住摸了一把額頭上的汗，回頭看姜婉寧一眼，啞然失笑。「他們可真是……」

笑過之後，他又忍不住有些悲哀。

想他一介商賈，只不過是提了一個方法，就能得到這麼多村民的感激，那些自詡父母官的官員們，怎就能眼睜睜地看著他們被圍困甚久？

從觀鶴樓帶回來的菜灑了大半，好在家裡都不講究這些的，稍微收拾一下後，也全部吃了乾淨。

陸尚今日受了些許衝擊，神色頗為倦怠。

姜婉寧把他趕回房間去，和陸奶奶一起收拾了碗筷，然等她回房時，卻發現陸尚已經睡下了。

她腳步一頓，熄滅了屋裡的蠟燭，又湊過去幫陸尚褪了外衫，方上床歇下。

轉過天來，陸尚不出意外起晚了，幸好他提前跟陸啟說過，要是到了去拉貨的時候自己沒到，那便由他帶人先走，左右也耽擱不了生意。

可是等他出了房門，卻發現院子裡靜悄悄的，並無往日的唸書聲。

姜婉寧從廚房裡出來，也是奇怪。「大寶和亮亮還沒來嗎？」

正說著呢，就聽門外傳來一陣熟悉的車輪聲。

陸尚走過去開了門，可往外面一看，車上只有大寶在，而且今天還是樊三娘陪著大寶一起來的。

龐大爺面色鐵青，停好車後徑自走了進來。

他在院裡看了一圈，見到姜婉寧也在後，面色卻是越發難看。

就在樊三娘帶著孩子進來的同時，只聽龐大爺開口問道——

「從第一天到現在，教我小孫孫唸書、寫字的到底是誰？」

說這話時，他的眼睛死死盯住了姜婉寧。

話說到了這個分上，真相如何，其實已經不用言說了。

只一瞬間，姜婉寧便是面色慘白，身形不受控制地晃了一晃，反手扶在了門框上，方才穩住身體。

樊三娘帶著大寶跟進來，見狀忙跑到她身邊，一把抓住她的胳膊。「婉寧妳別多想，龐大爺肯定不是那個意思——」

「什麼不是那個意思？我就是那個意——」龐大爺揮舞著手臂，罵罵咧咧地就要反駁，可一對上姜婉寧發怔的眸子，他又猛地止住了話頭。

這時候，陸尚也走了過來，他先來到姜婉寧身邊，小心拍了拍她的髮頂，低聲說了一句。「沒事，我來處理。」然後又對樊三娘說：「麻煩三娘陪阿寧進房說會兒話吧？桌上還有昨天買的梅子，叫大寶也嚐嚐。」

樊三娘怔然，下意識點了頭。

然而就在她準備帶著姜婉寧離開的時候，姜婉寧卻是拂下了她的雙手，力道不大，偏是格外堅定。

姜婉寧垂下頭道：「夫君，叫我跟龐大爺說幾句話吧？」當初收下大寶和龐亮，是用了陸尚的名義，如今叫他解決這一串爭端，好像也並無不妥。可姜婉寧卻覺得，既然她教導這兩個孩子個把月了，也算與這兩家有些緣分，好聚好散，也算不負這段時間的相處了。她沒有等到陸尚的回答，從他身邊繞了過去，見了龐大爺，她扯出一個並不算好看的笑。「您進來說吧。」

家裡四間房，卻沒有專門的待客廳。

東西廂各有一間住了人，顯然並不適合待客，另一間書房不光簡陋，裡面還放了陸尚的帳本、姜婉寧的字帖等重要物品，也不太適合叫外人進去，這樣算著，也就只有孩子們的學堂能進去坐一坐。

這間小學堂用了這麼久，無論是龐大爺還是樊三娘，還都沒有機會進去過，只有兩個孩子偶爾說上兩句，叫他們知道唸書的地方很規矩。

姜婉寧走在最前面，推開房門後便讓開了路，請後面的人先進去。

龐大爺來時還氣勢洶洶的，如今卻莫名有幾分氣短。

可他再一想——又不是我的錯！明明是陸家夫妻倆騙人！

想到這裡，他又是冷哼一聲，大搖大擺地進到屋裡去了。

第十八章

等姜婉寧和陸尚先後跟進屋，只見龐大爺站在屋子正中央，手足無措地四處看著，他慢吞吞地走到矮桌旁邊，彎腰在桌上摸了摸，抬頭看見兩張矮桌上都貼著紙。

姜婉寧解釋說：「那是大寶和亮亮的名字，是他們親手寫下的，貼在桌上，便知道哪個才是自己的座位了。」

說完，她又去牆邊的書架上拿了幾卷紙過來，一左一右鋪平在矮桌上。

姜婉寧那邊才鋪好，躲在樊三娘後面的大寶就嚷了起來。「那是我和亮亮的功課欸！左邊的是我的，右邊的是亮亮的！」

龐大爺忍不住往右邊看去。

姜婉寧鋪開了四張紙，時間從前到後，能很明顯地看出，上面的字越發工整順暢起來，便是筆劃都沒有那樣生澀了。

一個人的字寫得好不好，其實不用什麼大家品評，舒不舒服、好不好看，都是最直觀可以看出來的。

便是龐大爺對姜婉寧懷了滿腔的偏見，也無法說出「不好」來。

他瞇著眼睛，把龐亮的每個字都逐一看過。他本就動搖了心念，偏大寶還在耳邊聒噪著——

「這個是剛跟姨姨學寫字時寫的，這個是搬來鎮上後寫的……這個是前天剛寫的！姨姨說了，我們兩個進步可大了，要是再用功一點，不光能考上秀才，將來還能當舉人、當進士！

「姨姨對我們可好了，不光叫我們唸書、識字，還給我們講故事，教我們畫畫呢……龐爺爺，您別對姨姨發火。」

小孩子對情緒的感知最是敏感，大寶不知道實際發生了什麼事，可卻知道昨天回家時，龐爺爺被陸家的嬸嬸攔下，嬸嬸說了姨姨好多壞話。

今天一早，龐爺爺不光不許他的小夥伴來上學了，還找到姨姨家裡來，對姨姨生氣發火。

大寶跟龐大爺沒有什麼交集，與姜婉寧卻是日日相處著的。

要是叫他選一個人來維護，毫無疑問，只會是後者。

姜婉寧頗為感動。

大寶鼓起勇氣，從樊三娘背後跑了出來，快步跑到姜婉寧跟前，大張著雙臂，把她護在後面。「龐爺爺，您要是生氣，您就衝著我來吧！」

他大喊完，便害怕地閉上了眼睛，舉在空中的雙臂不住顫動著。

本來冷凝的氣氛因他這一番操作驀然破了冰，不知誰第一個笑出聲，很快地，屋裡全是大家的笑聲了。

龐大爺還想冷著臉，可控制了幾次也沒能壓下嘴角，只能狠狠地搓了兩把臉，長嘆一聲。「不是我來找事，可當初明明說好了，叫陸秀才教乖孫唸書的啊……」

姜婉寧請他坐下，又給他倒了一杯水。「那這樣，我跟您聊聊這事行嗎？」

正所謂伸手不打笑臉人，龐大爺也說不出什麼重話來了。

姜婉寧先道：「當初確實說好叫夫君給亮亮啟蒙的，後來換成我，沒跟您家說明，也是我的過錯，我先給您和您的家人賠個不是。」

「哎——」龐大爺抬了抬手，不好接下這句話。

孰料姜婉寧話音一轉。「不過話又說回來，您家裡叫亮亮啟蒙，一來是想叫他試著走走唸書這條路，二來也是存了大志向的，那您覺得，亮亮在我這裡學到東西了嗎？」

這哪裡用得著龐大爺回答，單是不遠處矮桌上的功課，就是最好的答案了。

龐大爺無法昧著良心，垂頭道：「學到了。」

不光學到了，還比同村的孩子學得都好。

他們村裡有個屠戶也給幼子找了夫子，聽說是個老秀才，交了好多束脩才把幼子安排在老秀才門下的，但他家那小孩被老秀才教了半年，整日整日的「之乎者也」，到頭來卻連自己的名字都寫得歪歪扭扭的。

反觀他的乖孫，比屠戶家的小兩歲，總共學了一個月，學會幾十個字，寫的字還越來越好，甚至都會背詩了！

要說一個、兩個還是個例，但老秀才教了這麼多年書，也沒教出一個秀才來，能去鎮上做個帳房先生都是燒了高香，而陸家教出來的這兩個小娃娃，卻是怎麼看怎麼聰慧，一瞧就是有大出息的。

但凡姜婉寧不是個婦人……龐大爺捂住臉，左右為難著。

姜婉寧又說：「當然，我也能理解您的為難，所幸沒有拜師，也沒有交束脩，前段時間便只做朋友間的一點指點。您要是覺得把孩子送來不妥，那便另尋名師，這般可好？您也儘管放心，關於龐亮受我指導的事，我不會往外說的，您要是實在擔心，就叫夫君再出去闢個謠，總不會耽誤了他。」

其實這些事情，哪有那麼複雜？

老師好不好，從門下學生就能看出一二。

但凡姜婉寧不是一介婦人，龐大爺肯定也不會如此糾結。

可換言之，若姜婉寧不是一介婦人，豈還輪得到他把孩子送來？攀著人家唸書、識字不說，便是那該有的束脩都沒給，饒是送過兩回禮，但比起其他夫子招學生，這點禮又算得了什麼？

姜婉寧明明沒有說什麼重話，一言一語盡是為了龐大爺家著想，可他還是從最初的氣憤，到如今的羞愧難當。

這時，樊三娘站起來說：「反正我是不在意那些虛言的，把大寶交給婉寧教導，我是放一萬個心。」

她沒有說早知實情之事，只堅定地站在姜婉寧這邊。

到最後，龐大爺再說不出一句詰問，匆匆找了個藉口，慌張離去。

姜婉寧起身欲送，始終在旁邊保持沈默的陸尚卻攔了她，沈聲說：「妳坐，我去送。」

姜婉寧抬頭看他一眼，對上他暗沈沈的眸子，沒有再拒絕。

陸尚出門後，三兩步就追上了龐大爺，他把人送出門後，開口又將對方叫住。

「龐大爺，您也知道，我這段日子忙裡忙外，一天到晚少有在家的時候，上回喬遷宴上您應該也聽見了，我是在給觀鶴樓做點小工。實不相瞞，為了這份工，我已經改入了商籍，商籍不可入考場的規矩，想必也不用我多說了吧？」他未顧及龐大爺大變的面色，繼續道：「我知道您家裡盼著龐亮考個秀才出來，是，我曾是秀才不假，但您一定不知道，阿寧在嫁給我之前，接觸的人可全是進士之流，那都是何等人物？而她更是從小熟讀詩書，腹中才學豈是你我可想像的？我敢斷言，您便是找遍整個塘鎮，也找不出比她更合適的老師了。」

外人只道姜婉寧是罪臣之女，可他們怎麼就不想想，罪臣、罪臣，那也得是先做了臣子，後面才有的罪，何況還是京城裡的書香士族之家。

龐大爺神色變幻不斷，幾次張嘴，偏又說不出什麼。

陸尚最後說：「我尊重阿寧的意見，日後無論您是選擇繼續送龐亮來，還是送他去別處，我都不會多言什麼。便是您家裡有需要我配合幫忙闢謠的，也盡可以找我。我言盡於此，您也再仔細想想吧。」

說完，陸尚微微頷首，轉頭返回家中。

就在他將要關門的時候，龐大爺忽然叫了他一聲。「陸秀才！」

陸尚抬頭看去。

龐大爺說：「你家裡……你家裡那繼母，我之所以知道實情，便是她昨天晚上攔下我說的，還說了許多不好聽的話，反正你……」

到底是別人家的家事，龐大爺也不好說得太深。

好在陸尚很快明白，朝他道了聲謝，繼而合上大門。

至於王氏還說了什麼不好聽的話，很快地，他便從樊三娘口中知曉了全部。

龐大爺走後沒多久，陸奶奶就回來了。

她去巷子口買了兩碗豆漿，一碗加糖、一碗不加糖，兩個碗都裝得滿滿的，她要走得極小心才不會灑出來。

陸尚聽見聲響後連忙迎了出來，其餘人也一起跟過來。

陸奶奶見狀先是愣了一下，然後揉了揉衣服。「哎，我不知道你們要來，看我買少了，不然，你們先喝著，我再出去買兩碗回來……」

陸奶奶還是第一次出門買東西，剛出門時她是忐忑的，可等把豆漿端回來後，她又覺得自己還算能做點事，但她到底節儉慣了，給兩個孫輩買豆漿也就罷了，她一個老太婆，哪配得上喝這等稀罕玩意兒？

即便一碗豆漿只兩文錢，她也沒捨得給自己買一份。

姜婉寧只看了一眼便猜出大概，見狀忙攔了一把。「奶奶，我和夫君都不喜歡豆漿的味，我們就不喝了。正好您和大寶一人分一碗，我們就算了。」

陸奶奶有些不信，偏陸尚也附和了。等她看向樊三娘，樊三娘更是直接搖手。

「奶奶可別看我，我只要一喝豆漿就鬧肚子，可不敢喝了！」

「那我、那我是不是買錯了啊……」陸奶奶囁嚅道。

姜婉寧扶她坐下，又招手把大寶叫來，將帶糖的那碗給了他。

大寶抿了一小口，眼睛一下子就亮了。「好喝！」

姜婉寧淺笑，轉而看向陸奶奶。「您看，這是買錯了嗎？您既然回來了，那就辛苦您幫忙看看大寶，我們幾個進去說會兒話。」

一聽他們有事，陸奶奶也顧不得心疼那幾文錢了，連聲應下。

大寶跟陸奶奶也熟，人家都說隔輩親，這祖孫輩的更添兩分憐愛。

有陸奶奶幫忙看孩子，剩餘幾人便返回了小學堂那屋。

等屋裡的門窗都關好了，樊三娘忍不住罵了一聲，這才把昨晚的事緩緩道來。

原來昨天晚上她去村口接大寶時，正好碰上王氏出門。

王氏挨了打，臉上還是青一塊、紫一塊的。

因姜婉寧的緣故，樊三娘對王氏沒什麼好感，即便跟她走了一路，也沒搭兩句話。

就這樣到了村口，她剛把大寶從牛車上抱下來，兩個小朋友互相道別的工夫裡，就見王氏衝了上來。

王氏面目猙獰，嘴角的傷口格外可怖，張口便說：「你們都被騙了！」然後她就把姜婉寧代陸尚教書的事一一講來，中間夾雜了數不清的污言穢語，全是對姜婉寧的輕賤和咒罵。

樊三娘幾次打斷，偏王氏又喊又叫，根本打斷不得。

龐大爺便是聽得難受，可顯然更在意姜婉寧教孩子的事，因此他嚴肅地問了龐亮，是誰教他的？

龐亮一個沒忍住，說道：「是、是姊姊……」

龐大爺一下子就惱了。

王氏尚在喋喋不休。「一個小賤人能教什麼？等將來傳出去了，還不知道別人怎麼說你們兩家孩子！什麼東西，小賤人還想要翻身——」

後頭的便全是王氏的謾罵，樊三娘實在學不出口，反正她說與不說，陸尚應該都能猜個大概。

樊三娘說完這些後，看對面兩人的面色，就知道他們該有私話要說。

排。

她很有眼色地提了告辭，還說先把大寶帶回去，至於什麼時候送回來，全聽姜婉寧的安排。

姜婉寧牽強地笑了笑。「辛苦三娘跑這一趟，大寶的話……只要妳不介意，我這邊一直可以教他。不過這兩天應是不行了，等過些天吧，過個三、五天，我叫夫君跟陸啟哥說，到時再叫大寶過來。」

「好好好，那你們先歇著，我們就先走了。」

樊三娘走到門口時，轉頭又說了一句。「婉寧，我知道大家對婦人多有偏見，可至少在我們家，我們全家都是感謝妳的。」

姜婉寧一怔，待再回神，樊三娘已然離開了屋子，而她的眼眶周圍紅了一圈，嗓子裡也乾啞乾啞的。

姜婉寧突覺肩上一沈，回頭才發現是陸尚走了過來，把雙手搭在她肩上，稍微用力按了按。

陸尚開口說：「沒事。」他的聲音裡全是寒意。「原以為我們走了，王氏就該消停了，如今看來她還是太閒了些。既然她看不得我們好過，那也怪不得我不敬繼母了。」

姜婉寧扭頭看著他。「夫君……」她當然也恨王翠蓮，可要是叫陸尚傷敵一千，自損八百，她是萬萬不想見到的。

陸尚稍微斂了斂面上的冷色，安撫地拍了拍她的肩膀。

「別怕，我不會亂做什麼的。可還記得王占先？」

姜婉寧回想了好一會兒才想起來。「夫君是說……她的弟弟？」

陸尚輕笑兩聲。「人家都說十賭九輸，也不知道二娘的好弟弟最近回本了沒有？不過我猜是沒有的，不然如何會追去陸家要錢，還把他的親姊姊打了個頭破血流？」

姜婉寧不知還有這事，聞言不禁瞪大了眼睛。

陸尚只好再把從村民口中聽來的八卦給她講一遍，最後添了一句。「自作孽不可活，這也是他們姊弟倆的『福報』吧。阿寧妳說，我對王氏還不夠忍讓、尊敬嗎？」

姜婉寧眨了眨眼，卻是不好回話。

後面兩天，陸尚一直守在家裡，就怕王翠蓮再做什麼出格的事，萬一找來家裡，陸奶奶和姜婉寧兩人總不好對付。

而龐大爺也沒再送龐亮過來。

姜婉寧等了一天、兩天，也從最開始的期待到失望，最後到坦然接受。

陸尚亦即常常安慰她。「是他們不知好歹罷了，阿寧何必為了他們傷心？正好，沒了龐亮，妳只教大寶一個，還要輕鬆許多。再說了，妳是不是忘了觀鶴樓的少東家？」

經他提醒，姜婉寧才猛然想起，她還有個不用面授的「學生」呢！

陸尚適時提醒道：「上回我去觀鶴樓，還聽福掌櫃提了一嘴，說馮少東家已經安排得差不多了，最晚下個月就能全心唸書，還想爭取參加明年的童生試呢！他這麼些年可才只過了府試，還差一門院試呢！」

大昭科考制與陸尚了解過的一致，春闈、秋闈每三年一次，秋闈設在當年的八月底，春闈設在來年四月，春闈過後一到兩月便是殿試了。

而童生試則由各州府訂立，像他們所在的松溪郡，就是三年兩試，分縣、府、院三門，每門成績都可保留，只要有生之年能把這三門都過了，那就是秀才了。

就在不久前，秋闈剛剛結束，他們塘鎮只出了兩個舉人，就是不知馮賀所在的府城又有多少人中舉？

不過他如今連秀才都不是，想什麼秋闈、春闈還是太早了些。再說就算他來年過了院試，等下一次開秋闈，又是三年以後了。

陸尚這時提起，也只是想給姜婉寧轉移一點注意力，省得她把大半心思都放在龐亮一家上，徒增憂思。

而他的法子顯然起了一些效果，姜婉寧轉去思量起馮賀那邊的事來了。

就這樣又過了一天，眼見家裡確實不再有外人來，陸尚便開始琢磨找個地方租兩個大院，好給平山村的長工們住。

還有陸家村，便是為了他的「好二娘」，他也要盡快走上一趟。

誰承想這一天都快要結束了，傍晚幾人正吃晚飯的時候，卻聽見門口傳來敲門聲，等陸尚開門一看，竟是龐大爺一家。

是了，不光有龐大爺，還有他家老少，加起來十幾口。

龐大爺在門外站定，衝著陸尚深深鞠了一躬，而後大聲道：「請問陸夫人可在家？」

陸奶奶和姜婉寧都往門口看去。

姜婉寧聽見有人提起她後，起身走了過去。

還有門外幾個經過的鄰居，見狀也停下了腳步。

就在陸尚夫婦猜測著他們的來意時，只見龐大爺把龐亮拽到前頭來，叫他跪在了門口。而後龐大爺才說道：「前幾日之事，實是我迂腐冒犯，回家後我仔細考慮過，也跟家人商量過，最後得出一致的結論——陸夫人是極好的夫子！只是不知陸夫人可還願收下我孫？今日我們全家都來了，還帶了束脩禮，若是您不計前嫌，還願教導龐亮，我們這就行拜師禮。」

不等姜婉寧回過神來，這一大家子人後面又鑽出來一個矮矮胖胖的婦人，那婦人牽了一個和龐亮差不多大的孩子。

她諂笑著，把孩子往前頭一推。「還有我家，我是龐亮的親姑姑，這是我的二兒子林中旺，陸夫人您看，能不能也教教我兒？」

姜婉寧被他們這一連串的舉動搞得措手不及，心裡存了幾分怯，便下意識往陸尚那邊湊了湊。

直到她掌心一熱，低頭一看，卻是陸尚牽住了她的手。

陸尚看著從巷子內外湊過來的鄰居們，只好說：「你們先進來吧。」

先不論姜婉寧跟龐亮那短暫的師徒情誼，便是這一大家子今日的態度，陸尚也無法冷臉將他們拒之門外。

見龐大爺還想說什麼，姜婉寧又補充了一句。「外面人多，這樣不好。」

龐大爺轉念一想，這樣在門口拉拉扯扯的，確實不好看，他兩步上前將龐亮抱起來，又招呼一聲，叫上一家人進到院裡去。

陸奶奶見這麼多人都進來，怕耽誤了他們談正事，考慮再三，還是選擇先躲回房裡。

只是一行人才進到院裡，姜婉寧一回頭，便發現龐亮又跪下了。還有那個叫林中旺的小少年，也不情不願地跪在他身邊。

姜婉寧沈默片刻。「……先起來吧。好些事還沒說清，您這樣做，孩子不好受，叫我也為難。倒不如坐下來好好談談，等雙方都滿意了，再說什麼拜師不拜師的。」

「啊……」

直到這一刻，龐家眾人才反應過來，他們如今的行徑，可不就是存了幾分逼迫的意味？

若那陸家娘子是個心軟的，見此便是心裡膈應，單是為了孩子，恐也不好拒絕。

而他們誠心來拜師，到最後反生了隔閡，這就不好了。

想明白這點後，龐家老大趕緊把自家孩子拽起來，並順手拉了林中旺一把。

可站起來了，後面該如何做，龐家老大又沒了主意，只能把目光投向龐大爺，等著他作主。

說起來，龐家這一大家子人是昨天晚上才聚齊的，龐大爺想明白其中的關節後，第一時間將分散在各處的家人召了回來。他是家中唯一的長輩，也是整個龐家最有話語權的人。於是哪怕龐亮的爹娘對於拜一個婦人為師多有不滿，可還是被龐大爺喝住了，尤其是龐大爺昨晚問出的一連串問題，更是叫他們啞口無言——

龐大爺當著全家人的面，問：「你們只說陸家娘子不好，那你們倒給我說說，她不好在哪裡？你們去鎮上找找看，哪個收學生的先生不是一年幾十兩的束脩，在先生座下侍奉七、八年，方能學到一點皮毛，可咱家乖孫呢？這才一個月！他會了那麼多字，會背詩、會畫畫，換個老師能學到這麼多？

「陸家娘子除了是個婦人，你們可還能挑出她一點毛病？你們倒是想找個哪兒都好的，可你們怎就不看看自己家的條件？那個哪兒都好的，輪得著咱家？咱家配嗎？

「正好家裡人都在，趕明兒我就送乖孫去拜師，你們都跟上，什麼束脩禮、拜師禮，別人家有的，咱家也一樣不能少！」

龐亮的娘怯怯地問了一句。「那等將來……亮亮還能考秀才嗎？」

「為何不能？」龐大爺大聲嚷嚷。「陸秀才說了能！陸夫人也說了能！那就肯定能！不光考秀才，還要考舉人呢！」

老爺子發了話，旁人再有什麼意見，也不敢提出了。

反倒是龐亮的姑姑眼珠子一轉，問道：「既然亮亮能找陸夫人拜師唸書，那俺家中旺是不是也能？我不在意那些雜七雜八的，只要中旺能識上幾個字，將來可以做個帳房先生就夠了！」

如此，才有了今日龐亮和林中旺先後下跪的事。

龐大爺前不久才找姜婉寧紅完臉，現在仍不好意思著，嗯嗯啊啊的也說不出什麼話，到頭來索性把家裡發生的事一五一十地講了一遍。

最後他說：「事情就是這個樣子。陸夫人還能收亮亮做學生嗎？」

姜婉寧沒有回答，而是反問道：「就像您家裡人說的，還有許多人在意的，我只是一介婦人，或許能教導龐亮識字、唸書，可若有朝一日他入官途，我是沒辦法為他開路的，這個您想好了嗎？」

「想好了、想好了，那都是以後的事了。再說當官什麼的，咱們小破村裡的農家漢子，哪裡敢想那麼多啊？就算他真做了官，那也是夫人您給他指明了路，我們全家感謝您還來不及呢！」

龐大爺說完，龐亮的姑姑趕緊道：「還有俺們家！俺家娃不科考、不當官，夫人您教教他識字、算數就行，等他將來做了帳房先生，俺們一定全家都來謝謝您！」

聽完這些，姜婉寧又是沈默良久。

半晌過去，她招招手，把龐亮叫到跟前來。

小男孩本就性子靦覥，這幾日又被家裡拘著各種盤問，他只以為是自己給姜婉寧惹了事，如今被她叫到身邊，眼眶一下子就紅了。

姜婉寧彎了彎嘴角。「小男子漢如何能落淚呢？我們不聽他們的，我只問你，你願意做我的學生嗎？日後我將教你最基本的識字、算數，還會教你仁義道德，若你想做官，那我便教你經義策論，若你想入世，那我便教你農耕五常。龐亮，告訴我你的想法，好嗎？」

龐亮用力咬著下唇，這才沒有在人前落淚，他抬手狠狠抹了一把眼睛，然後重重點頭。「姊姊，我想做妳的學生！」

「哎喲，傻孩子，還喊什麼姊姊、哥哥的呀？快點跪下叫老師！」

龐大爺可比誰都著急，忍不住一步上前，在龐亮背後拍了一把，又扶在他的肩膀上，稍微用力往下壓了壓。

龐亮有些懵，可仰頭去看姜婉寧，見她並沒有說不，便也猶猶豫豫地往後退了幾步，重新跪下去。

龐大爺說：「快給你老師磕頭！」

龐亮聽話地叩首，抬頭喊道：「老師。」

龐大爺又跟陸尚討了一杯水，塞給龐亮後指點道：「快給你老師敬茶！」

龐亮膝行到姜婉寧跟前，舉起手中的茶盞。「老師請喝茶。」

姜婉寧垂眸，將那盞清水接了過去。

她稍微抿了一點，便將茶盞放在手邊的石桌上，然後彎腰將龐亮扶起來，輕聲說：「那往後，你便是我的學生了。」

「哎，好好好！」龐大爺忍不住大笑，又招呼其餘人去外頭把束脩禮和拜師禮拿來。他是按照老秀才的標準置辦的，拜師禮是十斤豬肉、五斤羊肉、兩斤牛肉，並兩隻雞、兩隻鴨、兩隻鵝，再就是臘肉、黃酒、點心和綢緞。

龐家不缺錢，可一下子掏出這麼多東西，也是狠狠出了血，沒個三年五載是攢不回來的。

至於束脩禮，因為各處的收法不同，他便吩咐家裡備了十兩的銀子，用紅紙包好，上面用墨筆寫了個「禮」字，和一應筆墨紙硯放在一起。

然而等他們把這些東西擺上來後，姜婉寧卻是輕嘆一聲，從中挑挑揀揀，最後只挑出一隻雞和一隻鴨子來，至於剩下的——

「剩下的您都帶回去吧。像綢緞、筆墨這些，都是能退掉的，用不著這樣破費。至於豬肉、牛肉、羊肉這些，您看是轉手賣出去，還是留著自家吃都行。我這兒沒那麼多規矩。」

龐大爺傻了。「可是別人都這樣啊……」

姜婉寧笑笑。「您也說了，那是別人。亮亮是我的第一個學生，既是第一個，合該跟後面的有所不同。他叫了我一聲老師，我這做老師的，總不能搜刮學生家裡的東西。孩子還小，用不到那樣好的筆墨，您要是真想準備，就換成最便宜的黃紙，毛筆也可以從家裡備些牛毛、狼毛，去書肆裡請老闆加工一下。」

龐大爺對讀書全然不懂，因此姜婉寧說什麼，他就連連應著。

到最後，他們帶來的這些禮中，姜婉寧真就只收下了那一雞一鴨。

姜婉寧說：「這雞、鴨便算作拜師禮了。」

龐大爺還要再爭。

陸尚也幫忙說道：「一家人不說兩家話，您可千萬別客氣，往後的日子還長著呢！就說參加童生試的最小年紀是十歲，龐亮在這裡至少還要學四年，難不成您每年都要這麼送上一回？」

龐大爺是有這心，但家裡確實供不起，要不然也不會冒著許多避諱，把孩子送來姜婉寧這裡了。

陸尚說：「您要是實在覺得不妥當，那就每月的月初交一回學費吧，每月三百文，就當是在這兒的飯錢和筆墨錢了。」

姜婉寧應和道：「夫君說得是。」

三百文一個月，對於唸書的人家來說已經很划算了，先不論那頓晌午飯，就是每月的紙墨，也不是三百文能滿足的。

而他們這番態度，也叫龐大爺越發羞愧起來。

他偏了偏頭，一時沒忍住，驀地老淚縱橫。「是我老眼昏花，竟聽信了外人的讒言，不分黑白是非就來同你們叫囂……多虧陸秀才和夫人肚裡能撐船，沒跟我這個老東西計較啊！」

其餘人也被他的動容影響到，一時皆沈默了下來。

過了好半天，龐大爺才收拾好情緒，擦乾淨眼淚，道一聲。「叫你們看笑話了……哎，乖孫來，你聽爺爺跟你說，你的老師乃是這世上頂好的人，她不計前嫌，待你又是用心，如今你做了她的學生，往後定要尊師重道，好好孝敬你的老師。」

龐亮繃著小臉，鄭重道：「好，我會尊敬老師的！」

這麼長時日的相處下來，龐大爺知道，陸家的小夫妻倆都是敞亮人，既然他們說了不收禮，那便是真的不要。

因此他也沒再拉扯，擺手又叫人把東西搬回去，只是將那兩斤牛肉留了下來，堅持叫小倆口嚐個鮮。

趁著旁人往車上搬東西的工夫，龐亮的姑姑又湊上前，問道：「夫人，您看俺家娃？」

姜婉寧循聲望去，只見躲在後面的那個小少年低頭踢著腳下的石子，時不時抬頭偷看一眼，跟她的視線對上後，又慌張地躲開，偏面上還要裝作一副桀驁不馴的樣子。

姜婉寧問：「孩子多大了？」

「中旺比亮亮大四歲，您別看他長得不高，力氣可不小呢！什麼砍柴、燒火、打水、做飯都能幹，您儘管支使他！」姑姑話音一轉，又道：「就是夫人您看，俺家沒什麼錢，那什麼學費能不能……」

姜婉寧又問：「您想如何呢？」

「哎，俺就是看，中旺跟亮亮也是親兄弟，打斷骨頭連著筋的，俺不敢奢望也拜您為師，您就當收個學徒呢？他要是聽話、幹得好，您就教他唸幾個字、撥幾下算盤；要是不聽話了，您也隨便教訓他！那個學費、學費……俺家也一個月給三百文，行不？」姑姑訕笑兩聲。「反正他將來能當個帳房先生，俺家就滿足了。」

姜婉寧其實並不知道該不該收下他，可看那小少年裝得渾不在意，偏不斷往這邊偷看的模樣，忽地心念一動。

她輕笑道：「當然可以。」

「再不然的話……啥？夫人您說啥？」姑姑不敢置信地瞪大眼睛。「您同意了？您願意收下中旺了？」

姜婉寧說：「只要會識字、算數，將來能做帳房就行了，對嗎？」

「哎，對對對，能當帳房就行了！」

姜婉寧算了算。「那便在我這兒留兩年吧，兩年後我看看有沒有合適的地方，叫他去櫃檯再學上一、兩年，等十四、五歲了，也就能做工了。」

姑姑萬萬沒想到，姜婉寧這邊竟連後面的出路都給安排好了，頓時喜出望外，當即上前兩步，抓住了姜婉寧的手又是搖、又是晃的，嘴裡的「謝」字就沒停過。

今天已經耽擱了大半天，姜婉寧也有些累，便不把人留下了。

她說：「叫亮亮和中旺也回去休息兩天吧，兩天後回來上課。下次再回來上課，可就沒有之前那樣輕鬆了。」

龐大爺和姑姑一起應下，又道了好幾聲謝，方才從陸家離開。

姜婉寧和陸尚只送他們到門口，看他們都上了車，也就合上了大門，於是他們也不知道，龐大爺一家在巷子裡走了一路，也跟巷子裡的百姓說了一路。

說什麼？說的是——

哎，你一定不知道吧？陸秀才家不光陸秀才會識字、唸書，他家夫人也厲害著呢！今兒我就是帶我家小孫孫來拜師的！

拜誰為師？當然是陸夫人了！

什麼婦人不能做夫子，大姊妳這可就短見了！我家小孫孫在她那裡學了一個月，如今已經會寫二、三十個字了，還會背詩呢！再說，妳知道人家陸夫人才收多少學費嗎？我怕說出來妳都不信！

不光我的小姪兒，我也叫俺娃去跟陸夫人學識字、算數了呢！人家陸夫人說了，先學上個兩年，等學得差不多了，就送他去櫃檯上學兩年！你知道這意味著什麼嗎？這意味著俺娃將來要做帳房先生咧！

甭管是炫耀還是什麼，反正等龐大爺的牛車從無名巷離開後，大半個巷子的鄰居都知道了一件事——陸秀才家的小娘子能給孩子啟蒙呢！

無名巷住的這些街坊鄰居裡，誰家沒個小孩的？大點的十二、三歲，小點的三、四歲，可要是論五至八歲能啟蒙的，那也不在少數。

自陸尚他們一家搬來不久，左鄰右舍就知道，他家有個秀才老爺。

只可惜秀才老爺瞧著不親切，還整日不著家，他們除了喬遷宴上跟他見過一面外，其餘少有跟他打照面的時候，便是有那動了心思想找他做教書先生的，也根本尋不到機會。

早在姜婉寧在巷子口擺書信攤的時候，鄰居們就驚訝過，但驚訝歸驚訝，他們也沒多想，如今經龐大爺一提，可不就給他們提供了一條新思路？

鎮上的人對唸書、做官倒沒有太多幻想，但就像龐亮姑姑說的那樣——

你管他是男是女，能叫家裡的娃兒識上幾個字，總比大字不識強吧？

只要不涉及到做官，不考慮朝堂上那些迂酸規矩，其實大多百姓對男夫子或女夫子並沒有太大的感覺。

就比如說那些大戶人家的女眷少出閨閣，可放到他們尋常百姓家裡，女人幹的活兒可一點都不比男人少，街上也沒少拋頭露面的。

至於什麼男女之防，人家陸秀才都沒介意，他們有什麼好在乎的？

因此，不過一個晚上的工夫，無名巷的討論話題就變了。

轉過天來，有孩子的人家碰了面後，會先問一句。「你家要送孩子去識幾個字嗎？」

「我家還得再想想，一個月三百文呢，也不是一筆小錢……」

「哎，也是，我家也要再考慮考慮。不過你說，咱們要是不在女夫子家吃晌午飯，能不能稍微便宜一點啊？」

之前鄰居們提起姜婉寧，要麼是「秀才娘子」，要麼是「陸家媳婦兒」，可這才幾個時辰，就全變成了「女夫子」。

對於街坊間的變化，陸尚和姜婉寧尚未知曉，而陸奶奶這一天都沒出門，自也是沒聽見這些閒話。

陸尚打算再歇一天，趕明兒就回歸正軌，該租房的租房、該送貨的送貨。

他之前就說過要給姜婉寧做一道小炒牛肉嚐嚐，現下有了新鮮牛肉，家裡還有做全魚宴時剩下的青紅辣椒，擇日不如撞日。

他在廚房裡忙著炒菜，姜婉寧就和陸奶奶搬麵板、菜盆出去，一人負責壓麵皮，一人負責裝餡料，邊聊天邊包著餃子。

昨天龐家來人時，陸奶奶在屋裡聽了個差不多，如今再想起來，便是止不住的唏噓。

「這轉了一大圈，還不是又轉回來了……也是婉寧妳自己有本事，要是換做旁人，只怕處理不好了。就是不知道誰這麼壞心，來做這個攪家精！」

姜婉寧動作一頓，明智地沒有接這個話。

一家人吃過午飯後，各自回房歇了半個時辰，陸奶奶就搬著她的小板凳和毛線團出了家門，去巷尾找朋友打絡子。

哪承想她剛坐下沒多久，身邊就圍了一圈人。

就連田奶奶都細細地打量著她，神神秘秘地問了一句。「陸奶奶，妳家孫媳婦兒還招學生不？」

「啊？」陸奶奶一下子懵了。

就在陸奶奶被人團團圍住的時候，陸家的大門又一次被敲響。

彼時陸尚和姜婉寧才起床，陸尚腦袋昏昏沈沈的，正靠著床頭緩和；姜婉寧簡單擦了把臉，就到梳妝檯前打理妝髮。

聽見門響後，姜婉寧的肩膀抖了一下，這些天都快有心理陰影了。

陸尚也睜開了眼睛。

兩人等了兩息，門口還是有敲門聲。

姜婉寧才站起來，就聽陸尚在後面說——

去。

「沒事，我去開門。」接著從床上下來，開房門大喊一聲「來了」，繼而快步走了出去。

姜婉寧想了想，又重新坐回去。

然而她才落坐沒多久，又聽院裡傳來陸尚的聲音——

「阿寧，找妳的！」

姜婉寧無法，只好盡快打理了一下襦裙和碎髮，懷著不解走出房門。

她出了房間才發現，原來找她的還不止一人。

她站在門口定眼一瞧，院裡少說有十來個人，眼熟的、眼生的，全都是婦人。

「這是？」她下意識看向陸尚。

可是這一回，陸尚搖了搖頭，只留下一句。「阿寧，妳們聊，我出去轉轉。」說完，他就徑自走出了家門。

他的這番舉動可把姜婉寧驚呆了，偏偏不等她追問，找來的婦人們已經開了口。

「陸夫人呀——」

這個稱呼一出來，姜婉寧眼皮便一跳。

果不其然，下一刻就聽她們說——

「我們大家聽說了，陸夫人也是能識文斷字的，夫人昨天收了兩個學生，那我們家裡也有差不多年歲的孩子，夫人您看是不是……嘿嘿。」

這麼多人在，便是一人一句話，也能將姜婉寧說得暈頭轉向。

像那田嬸家的姪子、許大娘家的孫子、張大嫂家的兒子……這還只是十幾家人，就這麼一數，二十個孩子都算少的。

姜婉寧被嚇到了，磕磕巴巴地道：「不是，等等，我是說……」

「哎，我知道夫人這邊是要收學費的，不就是三百文嘛，大夥兒都給得起，只要夫人收了，我們保准按時來交學費。還有晌午飯，咱們住得近，就不給夫人添麻煩了，孩子們都能回自家吃……」

「是呢，像我家還開著包子鋪，夫人上課辛苦，等到了飯點，我就給夫人送飯來！」

「還有我家！我聽說唸書、寫字是要用到桌椅的，夫人您看差多少，我家就給做了！」

明明姜婉寧還沒說話，可聽她們的說辭，好像這些學生都已經被收下了一般，就等著入學了。

姜婉寧哭笑不得，好不容易找到機會，趕緊說：「等等、等等，嬸子、大娘們先等等，這事不是這麼簡單的呀！」

「怎麼了？還有什麼不妥嗎？」

姜婉寧領她們到西廂的小學堂一看。「我這裡的屋子就這麼大，我剛聽妳們說，至少要有十幾個學生，這屋子怕是坐不下呢！」

眾人萬萬沒想到，影響他們孩子入學的不是姜婉寧的應許，問題竟是出在那客觀條件上！

但，姜婉寧到底還是低估了鄰里間辦事的本事。

眾人才低落了不過片刻，就聽後面響起一道柔柔弱弱的聲音——

「若只是地方不夠寬敞，我倒是知道一個合適的地方。」

大家循聲望去，才發現說話的是風娘。

風娘和她家男人是兩年前才搬過來的，帶著兩男一女三個娃，一直都是男人在外賺錢，風娘在家照看孩子，偶爾還會接些縫縫補補的零散活兒。

她家男人是個走貨郎，每天走街串巷，除了在鎮上叫賣外，還經常去下面的村子裡賣東西，因為人勤快，也不怕苦、不怕累，日子眼看著越過越好。

她家租的那套房子帶一個很大的倉房，只是倉房和主宅並沒有連在一起，中間還隔了三、四戶人家，他們又怕搬進來的雜貨放在倉房裡面會被偷，便一直閒置著沒用。

風娘長得不高，眉眼很是秀氣。「我家的倉房空置兩年了，就在巷尾，地方很大、很寬敞，要是好好收拾一番，用作學堂正合適。倉房裡面只有一些沒用的腐木桌椅什麼的，便是收拾起來也簡單，等明天我家男人回來了，我就叫他打掃乾淨，看看再怎麼添桌椅。」

不等姜婉寧說話，其餘人紛紛應和起來——

「我知道風娘家的倉房，也沒出巷子，孩子們上下學都安全，我覺得行！」

「那這樣，風娘妳家的倉房每月多少錢啊？大家把錢湊一湊，不能叫妳家單獨出……」

姜婉寧只好默默站在一邊。

等大夥兒都商量好了，連怎麼分攤倉房費、怎麼訂做桌椅都安排好了，她們可終於想起姜婉寧來了。

田嬸在圍裙上擦了擦手，替大家問道：「如今上課的地方有了著落，那夫人看這學生……」

話說到這個分上，姜婉寧也不好再拒絕了。她想了想，道：「這樣吧，等夫君回來了，我再跟他商量商量，最晚明天給大家答覆可好？還有，大家叫孩子來我這兒，是想叫他們將來參加科考，還是要做帳房之類的文書，又或者只想單純識幾個字，這總有些想法吧？」

說起這個，不出意外，底下又是一陣喧譁。

有大聲說要當帳房的、有說要去給大戶人家做管事的，還有說要去醫館給大夫當學徒的……好在姜婉寧聽了一圈下來，卻是沒有人想要走仕途。

科考這些她雖也能教，但要是這麼多人都想著要科舉入仕，也足夠叫她頭疼。

先不說並不是所有人都適合走這條路，就算她拚死拚活真把所有人都教出來了，但一條街上全是秀才？只怕屆時要有人懷疑是不是科舉舞弊了！

她雖沒有當場應下，可聽了這麼多人的回答後，心裡也大致上有了數。

最後她好聲好氣地把人全送走，回房喝了兩口水。

只是還沒等她安生下來，又來了下一批人。

第十九章

一整個下午，不光陸奶奶被圍著，姜婉寧在家也沒能得空，一批又一批的鄰居找來，說來說去都是想叫孩子認字的事。

偏偏這些鄰居對她多有照顧，姜婉寧也做不到把人趕出去的事，只能一一接待了，又全拖著說明日再談，而她粗略估算過，少說已有三十個孩子了。

就這樣一直到陸尚回來，來家裡的人才算少一些，但還是時不時會響起敲門聲，這次來的就是單門單戶，又或者是一、兩家一起了。

其實原本也沒有那麼多家想送孩子來唸書的，可誰叫這一下午的動靜實在太大了些，再加上相熟人家的攛掇，反正到各家都歇下時，無名巷裡的四、五十戶人家中，已經來了三、四十戶了。

那日龐大爺來質問時，陸尚尚且站在姜婉寧身邊，無論是幫她說話，還是默默支持，總歸有個人陪著。

然而這一次，陸尚只管躲閒。

就是吃完飯時家裡來了人，陸尚也只往旁邊躲，等把人送走了，他才肯出來偷笑兩聲。

姜婉寧被他搞得摸不著頭腦，又少不得遷怒兩分，遂抬手在他手臂上拍了一下。「夫君又笑！」

陸尚全不在意，趁著她轉身時，反手在她頭上揉了一把。「往後阿寧怕是也不得閒嘍！」

「喂——」姜婉寧轉身，可對方已經跑開了。

她站在原地抿了抿唇，可回神後，眼尾還是漾開了一抹笑意，心口也暖烘烘的，全是對未來的希望和美好。

就好像……本以為是一望見不到底的深淵，然到了谷底卻發現，那底下竟是開起了朵朵小花。

笑歸笑、鬧歸鬧，到了晚上，兩人還是說起正事來。

孩子多有利有弊，可既然決定收下他們了，那總該為他們負責。唸書上有姜婉寧負責，剩下的便是一些外在條件了。

姜婉寧說起風娘家的倉房。

陸尚聽完後卻說：「若是決定用那裡，不如由我們出錢，看看是租還是買，這等涉及到錢財的事，還是分得清楚些較好。」

「我也是這樣想的，畢竟人太多了，以後誰家不來了、誰家添人，又是一筆爛帳。」

陸尚說：「還有學費束脩這些，龐大爺家是按三百文算的，但當初妳也說了，這是看在他家龐亮是第一個學生的分上，那其餘人呢？」

提起這個，姜婉寧有些猶豫。「我倒沒想要靠學堂掙錢，若是要我負責學生們的紙筆，那一個月三百文反倒有些不夠，可要是再多了……都是尋常百姓，既沒想著把唸書當作出路，花銷太多，反而成了負擔。其實，能認些字、學學算數也挺好的，人這一輩子，誰知道哪天就能用得上呢？」便是到了這時候，她仍覺得讀書是好的。

換做另一個人，或許無法理解她的意思，可陸尚卻知道，普及教育有多重要。

他沉默良久後，緩緩道：「那不如就把學費改成按日收費吧，每人每天三、五文，只當妳的授課費，其餘紙筆就叫他們家裡自己準備。而且這些孩子都住在巷子裡，晌午回家吃飯、休息就可，這樣又少了一頓飯錢。」

姜婉寧又說：「可紙筆也是一筆不小的花銷……」

「我知道，但妳忘了沙盤嗎？」陸尚輕笑兩聲。「他們家大人不是說了，沒想著走科舉的路子，那只要會寫、會認就好了。偶爾用紙練練，其餘時間就在沙盤上寫畫便是。」

話落，就見姜婉寧直接坐了起來，黑暗裡那雙眸子格外靈動，盈滿了月光。

陸尚笑問：「問題可都解決了？」

姜婉寧歪了歪腦袋。「到現在為止發現的問題，算是解決了。」

「那就睡吧，等明天早上我去幫妳問問倉房，把妳這邊處理好了，我才好安心去辦別的事。」陸尚說著，拉姜婉寧躺下來。

姜婉寧滿腦子都是學堂的事，根本無法平靜下來，可她稍稍一歪腦袋，就能看見陸尚已經閉眼的模樣，便是有再多的想法，也慢慢沈寂了下來，最終化作一片安詳。

「夫君寢安……」姜婉寧小小道了一聲。

本以為陸尚已經睡下，可下一刻，便是他沈沈的聲音響起——

「安。」

黑暗中，姜婉寧的嘴角微微上揚，終合上雙眸。

到了第二天早上，不等陸尚和姜婉寧起床，門口已經有人來了。

陸奶奶年紀越大覺越少，且經過了昨天的一下午，她也知曉了鄰居們是想做什麼。

她聽見敲門聲後便趕緊開了門，看見門口的一大幫人也沒生怯，只側身讓開大門。「尚兒和婉寧還歇著呢，大家先進來坐吧。」

一幫人進了院裡倒也沒喧譁，只交頭接耳地竊竊私語著。

只是屋外有人沒人的感覺總是不一樣的，陸尚睡夢中驀地一個激靈，猛地坐起來，卻是一扭頭就能看見打在窗子上的人影。

陸尚疑惑地推了推姜婉寧。「阿寧，家裡是不是又來人了？」

姜婉寧被叫醒後還是迷迷糊糊的，可等她往外面一看，也很快就恢復精神了，她下意識看了陸尚一眼，兩人一對視，目光中盡是了然。

陸尚失笑。「行吧，看來有人是比我們還急的。」

他快速換了衣裳，又用門口臉盆裡的水洗了把臉，繼而說：「那家裡就交給阿寧妳了，我去幫妳把倉房問來。」

姜婉寧一邊綰髮髻，一邊應了一聲，陸尚出門沒多久，她也出去了。

隨著姜婉寧露面，院裡的討論聲也掀起另一高峰。

姜婉寧站在門口的臺階上，正好比大多數人高出一小截去，她連連壓了幾次手，總算叫大家安靜下來。

「昨天我和夫君已經商量過了，對於大家想送孩子來識字，我是沒有問題的，就是大家比較在意的學費問題……大家也知道，龐亮跟我學了好久了，在我沒搬來鎮上就是跟著我的，且他是正兒八經行了拜師禮，認我做老師的，既是我門下第一個弟子，總該比旁人多些優待，如此他的學費才只有三百文。」

此話一出，街坊鄰居們都冷靜了許多。

有人擔憂地問道：「那夫人的意思是……我們的學費要貴了？」

「倒也不是貴。」姜婉寧搖搖頭。「昨兒我問過大家了，各位嬸嬸、嫂子們也說了，沒想著叫孩子科考入仕，既如此，只是簡單學學字、算算數，實是沒必要好筆好墨地伺候著，也是白白浪費錢。我是想著，大家的學費每月的月底結算一次，按照人數和天數來收費，每人每天兩文錢。比如田嬸家來了兩個孩子，一個月來了二十天，那就等月底時交八十文錢，以此類推。」

昨晚陸尚提的學費是三、五文，但姜婉寧還有書信攤子，沒辦法把全部的精力都耗在學堂裡，且孩子們只是學寫字，也沒必要一整天都練字，所以她便想著，少上一點課，她也少收些錢，便是那筆墨紙硯的費用，也全從這筆錢裡出，就不用叫大人操心了。

姜婉寧繼續說：「不過另有一點，咱們巷子裡的學堂不是整日整日的上課，是每天只上半天，只有上午統一上三個時辰，下學後就能回家。下午看是復習功課，還是幫家裡做做活兒，我這邊就不管了。」她將上課的時間說了說。

「那只上半天，能學到東西嗎？」仍有人提出疑問。

姜婉寧耐心道：「只是識字、算數，半日足矣。再說孩子們年紀還小，便是我能教，他們學得太多，豈不是忘得也快？這樣勞逸結合著，學習之餘，也不能叫他們全沒了生活。當然，這裡面也有我的考量，巷子口的書信攤子大家也是見過的，我也沒法兒把所有時間都放在學堂上，只一點，我既是收了大家的學費，總不會虧了自己的良心。情況大概就是這樣了，大家也不妨回家再考慮一下，等三日後我再統計一次人數，看看具體有多少人要跟著我唸書。」

姜婉寧說清了情況，看大家還要討論，便也沒趕人，她看陸奶奶幫忙招呼了半天客人，忙叫陸奶奶回房休息，她則給大家倒點水。

在她給大家遞水的時候，總有人攔下她問問題。

「我家大寶今年十四了，只在家幫我和他爹幹活，還沒個正式工，像他這個年紀，我能送他來嗎？」

「自然可以，主要還是得看孩子和您的意見。」

「那夫人，我有個姪子不在咱這邊住，他能來嗎？」

「可以是可以，不過我這邊不管飯也不管住，他得考慮好食宿才行。」

「還有風娘家的倉房，用不用我們大家先湊湊錢，提前定下來呀？」

姜婉寧一拍腦袋。「哎，我竟忘了這事！忘了跟大家說了，倉房的事也不用大家操心了，無論是租還是買，這筆錢也由我家裡出，等全都安排好了我會通知大家的。」

有那精明的掰著手指頭一算——

這女夫子半日課只要兩文錢，就算能有三十個孩子來，這一個月下來也不過近二兩銀子，一年也將將二十一兩多。

而這二十初兩又要租倉房、又要買紙墨，當真不用倒貼錢？

任她怎麼算，也算不出姜婉寧有丁點兒的賺頭，能滿足這一院孩子的日常筆墨都算是好的了。

這人越算越是咋舌，也越發堅定了這女夫子是個實誠人的想法，把孩子送來她這兒唸書，準沒錯的！

大家問得差不多了，心裡也基本有了數，很快便三三兩兩地離開了。

然而走到了最後，有個婦人神神秘秘地湊到姜婉寧身邊，小聲問道：「夫人呀，您看您雖是女子，卻也博學不輸男人，那您瞧這學堂裡，我能不能也叫我女兒來聽聽？將來要是有機會，也叫她給您幫幫忙？」

姜婉寧先是一怔，旋即莞爾。「當然可以！您要是願意送姑娘來唸書，我便免了她的學費，至於說給我幫忙什麼的……」這世道，女孩唸書有多難，姜婉寧實在是再清楚不過了，她就怕對方反了悔，連忙許諾道：「您看我那書信攤子如何？等她學得差不多了，我就叫她跟我一起替人寫信，賺到的錢對半分。」

「哎喲，還有這等好事呀！」婦人大吃一驚。

「我素日也不經常出門，瞧您倒是有些面生，姊姊怎麼稱呼？」

婦人說：「我夫家姓項，夫人隨便叫我就行。」

「那好，項姊姊……」姜婉寧再三斟酌，聲音都不自覺地輕了幾分。「我便等您把女兒送來了？」

得了項家的再三保證，姜婉寧才將她送走。

等把項家的送走後，這院裡也徹底空了下來。

姜婉寧也不知怎麼的，那女學生還不一定會來呢，自己卻比被許多街坊鄰居找上門求學還要高興，這會兒尤其興奮，恨不得早早準備好筆墨，等那女孩一來，就全都送給她。

好在想到還有許多事沒有安排好，她才漸漸平復下心情。

晌午時分，陸尚從外面回來了。

他不光是自己回來，還帶了一張房契，打開一看，可不正是風娘家的那間倉房！

姜婉寧驚喜道：「夫君這是買下來了？」

「買下來了。」陸尚說：「也是巧，他家的宅子跟我們買房的是同一間牙行，反正這倉房他家也不用，我跟他們商量了一下，就去牙行單獨買下來了，這樣以後他們每月的房租能少一點，倉房也全歸咱家了。」

這間倉房很大，但並不好出租或售賣，不然也不會捆綁一起租給風娘家。

那牙人也是發現了，這位陸老爺慣會撿些旁人不要的，房子是、這倉房也是，但不管怎麼說，房屋可以脫手，他多少也有得賺。

因倉房沒有圍牆、沒有小院，就孤零零一間屋，最後以二十兩的價格售出，牙人還提出可以幫忙收拾。

陸尚沒有推辭，只叫他們最好這兩天就清理出來。

「牙人說明天就帶人過來，等後天就能打掃得差不多了，到時妳看著訂購桌椅什麼的，這些我就不管了啊？」

姜婉寧應下。「好，剩下的我來吧。對了，還要麻煩夫君跟三娘家說一聲，這兩天就可以把大寶送來了，不過明天龐大爺他們來時應該會把大寶帶上。」

陸尚自無不應。

時間已經不早了，晌午飯便沒有精心準備，陸尚炒了個米飯，姜婉寧幫著熬了一鍋粥，又單獨給陸奶奶蒸了一個蛋，這頓飯也就應付過去了。

陸奶奶小心翼翼地吃著蒸蛋，一時感慨不已。「想當初便是我做姑娘時，也沒這麼吃過，這老了老了，反倒享福了呢……」

陸尚順嘴說了一句。「就是老了才該享清福呢！」

午休前，姜婉寧沒忍住，將項家想送家裡女孩來唸書的事說了說。

陸尚雖是驚訝，卻也同樣高興。

「那正好，等把那姑娘教起來了，妳也能輕鬆許多。」

說起這個，姜婉寧眨了眨眼睛。「夫君記得亮亮的那個表哥嗎？」

陸尚說了記得。

她又接著說：「我看那孩子挺機靈的，就是不知道於算學如何，要是學得好，等過兩年就去給夫君幫忙吧？」

陸尚這才知道，當日她敢跟龐亮姑姑說找工是哪來的底氣，合著是在這兒等著他呢！

饒是如此，陸尚也沒生氣，甚至大手一揮。「那敢情好，阿寧儘管教，還有這巷子裡的娃兒們，將來要是學好了，就都去給我記帳做管事。肥水不流外人田，妳教出來的我也放心！」

至於說他那物流生意用不用得到這麼多人，兩人卻全無擔心。娃兒們學出師還有兩年，誰知兩年後，他家又會是何等光景？

到了下午，姜婉寧和陸尚同時出門，在巷子口才分開，一個去買菜、買肉，一個去找便宜寬敞的房子。

因是給平山村的長工住，對房子的要求也就少了許多。

陸尚到了牙行後，只提了一個要求——大，越大越好。

當然，這房子周圍要是能有合適的地方做倉房就更好了。

跟著牙人找了一下午後，陸尚最後定下了靠近城門的三處宅子，這三間宅子都是連著的，合起來共計十三間房，且宅子裡的水井、廚房一應俱全。

就連陸尚的附加要求都可以滿足，就在宅子外不遠處，有個一居室的房子，房子有個極大的院子，正好能用來擺放車馬，等房子裡住上人，夜裡也有人看守了。

只是因為臨近城門，這幾套房周圍人員變動很大，白日裡更是嘈雜不堪，好在長工們白日不在家，也不受太大影響。

這四套房按年租賃，每年只需二十兩銀子。

真要說，當然還是買下最划算，只是陸尚確實不好一下子拿出這麼多錢，只能先租下一年的，等過後好周轉了，再說其他。

等他隨牙人去衙門簽了契，天色已然暗下來。

姜婉寧這一下午也沒得閒，她把買好的菜肉放回家，緊跟著又出了門，這回則是去程嫂家，請她回娘家一趟，幫忙訂做些矮桌、圓凳和書架。

程嫂家也有一個適齡的孩子，說好要送來唸書的。

對於姜婉寧的請求，程嫂忙不迭地應了，仔細記下她的要求，說好趕明兒就回去，叫父兄快快趕製出來。

上午大家從陸家出去後，也有湊在一起討論。

那個精明的娘子把她的盤算給眾人說了，大夥兒一算計，才知姜婉寧是真不賺錢，興許也就是礙於鄰里情面，才肯收下他們這麼多孩子的。

人家已經自掏腰包買倉房、訂桌椅了，程嫂自也不好再多賺她的錢，粗略算了個成本價，五十套桌椅並八臺書架，共七兩銀。

鬧騰了幾天，這許多事宜，也算暫告一段落。

轉天陸尚要跟一回物流隊，順便檢查檢查他不在的這些日子裡的情況，因此天沒亮時就從家裡離開了。

到了上早課的時候，正如姜婉寧預料的那般，龐大爺車上帶了三個孩子——龐亮、大寶，還有林家的小少年。

龐大爺許是還有幾分尷尬，可姜婉寧好像忘了之前的事一般，親切地把孩子們叫到跟前，開口便是詢問功課。

在大寶和龐亮抓耳撓腮的時候，姜婉寧跟龐大爺說了下巷子學堂的事，往後上午時龐亮他們就跟著一起上課，下午再上小課。

龐大爺聞言也沒有不高興，反而樂道：「我就說陸夫人是個好老師，他們肯定不會後悔送孩子來唸書的！」

姜婉寧說：「等亮亮他們再大一點時，我就在家裡給他們打幾張床，到時歇在我這兒，把日假改成月假，這樣您能少費些心，也能叫孩子們收收心，好把心思定下來。」

「好好好，都聽您的！」饒是龐大爺對小孫孫上心得很，但涉及學業，他也不敢隨意發表意見，只能姜婉寧說什麼便是什麼。

送走龐大爺後，姜婉寧卻是斂了斂面上的溫和。

大寶和龐亮歇了好幾天，正是該受點刺激，好奮發圖強的時候。

她隨筆出了兩張試卷，上面皆是這段時間所學，等把試卷分給兩人，只見剛才還高高興興的小豆丁，瞬間便蔫巴了。

姜婉寧道：「快快寫，寫完我便要批閱了。現在我要帶林哥兒出去說話，但我還會回來看你們的，要是叫我發現你們交頭接耳的互相抄寫，那我便要罰你們了。尤其是亮亮，你既做了我的學生，學識如何暫且不論，要是品性不端，我可就要重重罰你了。大寶你笑什麼呢？你以為你就沒事了嗎？你也老老實實的，不然我一定要跟你娘告狀，叫她好好教訓你！」

這樣一通恐嚇後，兩個小孩不敢再打那些歪主意。

趁著他們答題的工夫，姜婉寧把林中旺帶出去。

沒了娘舅等人在身邊，這個瞧著有些個性的小少年也收斂了許多，他雖仍然裝得一臉冷酷，可眼裡還是稍稍露出點怯。

姜婉寧沒有戳穿他，只溫聲問道：「你娘說想叫你將來做個帳房先生，我問問你，你願意學算術嗎？」

她怕林中旺對算術沒有概念，便當場給他演示了兩道簡單的算術題，又說：「大寶和亮亮他們還沒有開始學算術，這段日子一直在背詩、學字，但你比他們卻大一點，時間也要緊迫一些，你若是對算術不排斥，那我便從算術入手，等你適應一些了，我們再識字，你覺得呢？」

林中旺扭頭看了她一眼，復又看向地上的算術，好半天才突然問一句。「我也能跟妳一樣，算得這樣快嗎？」

姜婉寧笑說：「這就要看你的本事了。」

兩人回到小學堂時，大寶和龐亮也把試卷寫完了，不出意外，又是一場糊塗。若說上次好歹還能答對，這次實在尋不出優點了。
饒是姜婉寧這樣好的涵養，也忍不住問一聲。「你倆在家待久了，便把知識也給丟在家裡了嗎？」
兩個小的絲毫不敢吭聲。
之前裝設這間小學堂的時候，姜婉寧並沒有想過還會添新學生，便只打了兩套矮桌，現在有了林中旺，索性把他們都叫去大桌上學習。
大寶和龐亮被她罰寫大字，她則在這段時間裡教林中旺一些算術時會用到的字句，不時寫寫畫畫，再叫他重複一遍。
等這一天的課結束，大寶和林中旺也被龐亮帶的，全管姜婉寧叫老師了。
家裡結束了一天的課程，只差等龐大爺來接孩子。

但陸尚那邊的進展卻是不太順利，倒不是說生意有什麼不順，單純是從陸家村招來的這些短工，在準備遣散時出了問題。
陸尚已經租好了房子，等明天就能去平山村拉人過來，之後有了固定的長工，這些短工的存在就沒那麼大的必要了。
非是他不顧念舊情，只是這段時間以來，短工的人數時多時少，誰家有事了，或許這人就會有兩、三天不來，等下次好幾家一起來，人手上又會多出許多。

因是短工，陸尚也不能強求誰來、誰不來，有時人少了，上貨及下貨用的時間都會延長，送貨的時間也會有所延遲；有時人多了，送貨速度也不見得快多少，但他平白給出去的工錢卻要多上許多。

無論是人多還是人少，對陸尚而言，皆是百害而無一利。

他斟酌了幾番措辭，可當說出往後不需要短工做工了，一些幹慣了的鄉親當即就不樂意了。

「陸秀才這是什麼意思？當初不是說好了上一天工給一天錢嗎？那我們家裡有事，雖沒來幹活，不也沒要工錢嗎？」

陸尚斂了笑意，沈聲說：「是有這回事沒錯，但我這邊的生意是持續性的，短工的不確定性太大了，等到了九月農忙時，你們這些人裡又可以來幾個？我總不能因為大家不來，就斷了觀鶴樓的貨吧？」

話是如此，可大多數人只想到自己，並不願意體諒他人的難處。

「那、那也是九月的事了，這才八月底，不還有些日子嗎？」

陸尚搖頭。「那不行，我招來新工還要他們熟悉，要不然等你們都走了，新來的又不熟練，那麼多貨都砸在我手裡，這不是要我的命？我能理解大家的不情願，所以要是有誰說能做長工，跟我新招的長工一般每月只休兩天，那也可以留下，我這邊管吃管住，準時發工錢。」

他並沒有瞞著，將長工的待遇跟他們講了清楚，包括月終獎、年底紅包這些，給平山村村民說過的，在他們這兒也沒落下。

聽說了這等豐厚的報酬後，少不得有人心動。

但管吃管住同樣意味著不能回家，每月只能回去兩天的限制，還是叫他們不敢輕易答應。

正當雙方僵持的時候，卻聽一道略顯蒼老的聲音響起——

「我、我能做長工，我不用休假……老爺還招趕車的嗎？」

陸尚定睛一看，竟是之前被他嫌棄過的一個人。

他對這人的印象還算深，由於年紀和體力的因素，這人上貨、下貨其實都達不到陸尚的要求，但自那日他說可以學趕車後，這人只花了四、五天就學會了趕車的技巧，之後每趟拉貨，趕車的人裡都有他。

陸尚想了想，記起這人的名姓。「盧勝是吧？你要是能保證每月至少上工二十八天，那就能留下，報酬什麼的跟之前一樣。」

「那我留！老爺，我能幹長工！」

盧勝家裡只有兩畝地，種的一點莊稼，連自家吃用都不夠，要是他不出來賺錢，那全家都要等著餓死了。

至於什麼農忙時分，他家有十來口人，就算他不在家，剩下的人也完全可以把田地照顧好，他留在外面賺錢才更重要。

在盧勝之後，另有兩人堅定地站了出來。

陸尚又問了一圈，見其餘人沒有說話的，也就大概明白了。

「那行，短工我確實不需要了，後面三兩天要是還有人想來也可以來，跟著上工的我工錢照付，但等三天後，我便不再管了。」

原本他還想著明天親自去平山村一趟，現在看來，在長工上工前，之後的每一天送貨，他都要親自監看才行。

無論這些人心裡如何怨懟，天色已晚，他們再不回去就趕不及了。

等陸尚付完今日的工錢，這些人也就陸陸續續地離開了。

陸尚把確定要繼續做工的三人留下，囑託了一句。「你們記得跟家裡人說一聲，等長工到了，你們便也要住過來，以後就在鎮上住。」

「是是是，我們都曉得了……」

到最後，陸尚身邊只留了陸啟一人。

陸尚看了他一眼，戲問一聲。「怎麼，你也想留？」

哪知陸啟撓了撓腦袋，竟真的說：「也不是不行……反正我在家裡也沒什麼事，三娘早就想打發我出來做工了。陸大哥你是不知道，我跟著你幹活這幾天，先不說錢多錢少，我這一不在家，等回去了三娘對我的態度都好了不少呢，之前一天要罵四、五次，現在一天也就罵一次，不亂說話都不挨打了！」

陸尚嘴角抽了抽，其實想問——你就沒想過，挨罵少只是因為你在家的時間短，其實跟態度沒什麼關係嗎？

可看陸啟滿臉高興的表情，他到底沒有壞人心情。

正巧，陸啟幫忙盯了幾天工，陸尚確實沒有尋出什麼不妥來。

他想了想，問：「那這樣，我這邊正好缺一個管事，主要就是送貨時給盯工，以及出了問題及時跟雙方溝通，你看你成不？」

「管事?!」陸啟嚇得張大了嘴。

陸尚忍不住笑道：「管事怎麼了？虧得福掌櫃之前還跟我誇你來著，難道你對自己連這點信心都沒有嗎？」

「那倒也不是沒有……」陸啟嘿嘿笑道：「我這不是怕辜負了陸大哥你的期望嘛，不過真要幹，也不是不行。」

「那就這麼說定了。」陸尚一錘定音。「你回家跟你媳婦兒商量商量，因要盯工，你回家的機會恐怕也不會太多，不過管事的工錢和長工總是有區別的，我暫時還沒想好，但總不會虧待了你。我這邊的物流是要一直做下去的，你也跟家裡商量好，別今日成、明日不成的，你不好看，我也難辦。」

陸啟點頭表示明白。「陸大哥你等我，明天一定給你答覆！」

「行。喔對了，阿寧叫我跟你說一聲，你回去了轉告你媳婦兒，從今兒開始大寶的課就恢復了，還是龐大爺來回給捎帶著。」

「行行行，我都記下了，那我就先回去了！謝謝哥，也謝謝嫂子！」

望著陸啟跑開的背影，陸尚卻不合時宜地想到——

這比他小一歲的人，家裡的娃兒都開始啟蒙了，再看他，莫說啟蒙了，連個娃毛毛都沒見到。

要說急他倒也不是急，可這一琢磨，竟還有幾分奇奇怪怪的羨慕。

轉天陸啟跟樊三娘一塊兒來了鎮上，兩人一起來到陸尚家裡，一方面是給姜婉寧送束脩的，另一方面也是感謝陸尚對他們家的照顧。

經過一夜的商定，陸啟決定繼續跟著陸尚幹。

既然他定下了，陸尚也不客氣，當即把人打發去平山村，叫他去平山村接詹順安等人過來，而自己則去城門跟貨，盯好短工們的最後幾天崗。

樊三娘這次沒有帶很多東西，簡單粗暴地包了五兩銀子，也不知他家是攢了多久，才攢下的這個錢。

姜婉寧推拒不受。「哪裡的束脩要這麼多錢？三娘沒聽說嗎，亮亮和他那表兄都是一月三百文，這一年下來也用不了這麼多錢，不行不行！」

她能拒絕，樊三娘當然也可以不聽。

樊三娘強硬地把錢袋按在姜婉寧手裡。

「龐家是龐家，我家是我家的。龐大爺說了，龐亮已經拜妳為師，我家大寶不像是學習的那塊料，我也不叫他拜師白污了妳的名聲，但便宜不是這麼占的。大寶如今跟著妳唸書，還在妳家吃飯，五兩銀子也不多。何況陸秀才還叫我家陸啟做了管事，咱們更該分得明白些。反正妳要是不收這個錢，往後我也沒臉叫大寶來妳這兒了。」

「哎不是……」姜婉寧實在為難。「三娘妳要是這樣說，那當初我在陸家村時，妳難道就沒照顧我嗎？妳若是一定要這樣，卻是傷我心了。」

無論是樊三娘還是姜婉寧都沒存壞心，可兩人各有看法，誰也說服不了誰。

最後她們只能各退一步，姜婉寧留下二兩，當作大寶的伙食費，樊三娘也不許再提加錢的事，雙方都高興。

後面兩日，便到了巷子裡鄰居報名學堂的時候。

姜婉寧記了一整天的名字，最後一數，竟足足有四十二個學生，可比她之前在京中偷看過的學堂裡的人數多了數倍。

幸好她打的桌椅夠多，不然還真坐不下這麼多人。

轉眼又過了兩天，平山村的獵戶們都在塘鎮安定下來了，已經跟著送了兩天的貨，基本上熟悉了整趟物流的流程。

那些原本不忿的短工們見了他們的模樣，在懸殊的武力差異下，便是有再多不滿，也只能夾著尾巴噤下，等做完最後一天工，除非改做長工，不然再沒這樣輕鬆賺錢的活計了。

至此，物流隊就算組建好了。

而程嫂娘家也把訂做的桌椅和書櫃送來，程嫂的爹作主，又多添了十把椅子，只當是送給學堂的，不收錢。

當倉房大門被打開，年輕力壯的漢子們幫忙往裡面搬桌椅的時候，大半條巷子的人家都走了出來。

他們手裡牽著自家孩子，在他們耳邊說道：「快看，這就是你以後要唸書、識字的地方！」

姜婉寧不欲惹人耳目，便也沒辦什麼學堂的開班儀式，就連學堂都沒起名字，提起來只有巷子裡的鄰居們明白。

開學第一天，學堂內外行人往來如織。

來識字的孩子大小都有，最大的有十五歲，最小的僅有四歲，但許是因為頭一天進學堂的緣故，這些孩子都還算乖巧，沒有站出來惹事的。

項姊姊早上送兒子來時，也是帶著女兒一起的，叫她那女兒跟姜婉寧見了個面，想等學堂穩定一些了再入學。

正好姜婉寧這幾天要把孩子們分一分，恐也無法對某一人單獨分出精力，因此很爽快地答應了。

項家的姑娘今年八歲，長得靈靈透透的，一雙水汪汪的眸子彷彿會說話一般，怯生生地跟在娘親後頭。

姜婉寧還以為這是個很文靜的小姑娘，誰知項姊姊卻把她拉到一邊去。

項姊姊邊笑邊說：「夫人可別被她給騙了，這丫頭靈光著呢，瞧著柔柔弱弱的，實際上在咱這巷子裡也是個孩子王，一天天的比男孩都皮實鬧騰！哎，反正我說了夫人也不一定相信，等後頭您就曉得了……不過阿敏雖頑皮了點，卻也是個懂事的，她女紅做得也挺好，可比我好多了，夫人要是需要，也可以叫她幫著縫縫補補，她肯定會盡心的。」

項姊姊不好跟著女兒欺瞞姜婉寧，可告知女兒的性格後，又怕惹她不喜，少不得再加上兩句好話，讓姜婉寧印象好上一些。

姜婉寧只笑了一聲。「皮實才好，太柔弱了反容易被人欺負。項姊姊不必擔憂，等後面我跟她聊聊，看看她是怎麼想的。」

「好好好，那我這兒女們就都麻煩夫人了。」

項姊姊把項敏喊過來，等她跟姜婉寧告了別，母女倆方才離開。

可就在她們將拐回家的時候，卻見小姑娘避著母親扭過頭，衝著姜婉寧做了個鬼臉，又咧嘴一笑，露出一排白花花的牙齒。

姜婉寧沒能繃住，噗哧一聲笑出來。

隨著最後一個孩子進到學堂裡坐好，姜婉寧走進來，關上大門，又打開四面的窗子通風，然後迎著幾十雙眼睛的注視，不急不緩地走到她的位置前坐下，婉聲道：「歡迎大家的到來，從今日起，諸位便是巷子裡學堂的第一批學生了。在這裡你們將學會寫字，學會算數，但更重要，我希望你們能知禮明理，學會做一個善良的人。」

這個善良不是軟弱可欺，也不是毫無底線，只是在心裡永遠存著一毫善意，窮則獨善其身，達則兼善天下。

而這些，對於眼下雙眼懵懂的孩子們來講，尚且太過遙遠。

這半天裡，姜婉寧沒有教他們什麼東西，只是叫所有人站起來，按照個子高矮重新排了座位，又講清楚學堂的紀律，以及一些課時上的安排。

後半堂就是叫他們每人領了一個沙盤和一截木棍，木棍都是打磨過工整的，和毛筆差不多長短粗細，磨去了所有細刺，不會再劃傷雙手。

姜婉寧從第一人走到最後一人，問了每個人的名字後，又扶著他們的手將名字寫在沙盤上。

有好奇的孩子要擁到前頭來看，又被她喝了回去。「剛剛我說的學堂紀律如何？我有叫你們離開座位嗎？」
許是她的臉色太過嚴肅，蠢蠢欲動的孩子們只好坐回去。
好在學堂內的所有人，包括大寶和龐亮在內，四十五個孩子全受了她的單獨指導，第一次體驗了寫字的感覺。
大寶和龐亮早就學會寫自己的名字，但他們既然來到學堂，姜婉寧便不想叫他們太過特殊，因此提早交代過，在學堂裡要跟著所有人的進度一起走。
兩人也算聽話，沒到他們時，兩人便背著手，坐得很端正，還連帶影響了周圍一圈人，也學他們坐好，從後頭瞧可乖巧了。
等把最後一個孩子的名字寫好後，姜婉寧直起身，久違地覺出幾分疲累來，整個後腰都是痠脹的，更不提滿身的熱汗了。
她穩了穩聲音，復道：「大家桌上沙盤上的字，便是你們的名字了。如今已經快到了下學的時間，我便不要求所有人學會自己的名字。若是有想學的，可以在周圍寫寫練練；若是不想，那就看看你周圍人——」
「二娃在寫字了欸……夫子叫我看周圍人，那我是不是也要寫？」
「怎麼大家都開始練字了？我、我要不也開始吧……」
「為什麼我的名字比旁人都難寫？嗚……」
姜婉寧的本意是想叫他們看些不同的文字，哪想在有了第一個練字的人後，其他人也紛紛跟進。

前後不過半刻鐘，就見矮桌後的小腦袋都低了下去，他們笨拙地握著木棍，仿著工整的名字，一筆一筆地落下他們的字跡。

姜婉寧先是錯愕，而後便不可遏止地掛了笑。

於是，學堂開課的第一天，便以延堂作為告終。

巷子裡的人家見到了時間孩子還沒回來，正納悶著，一出門就碰上隔壁家的，兩人一說，原來還沒見誰從學堂出來呢！

就這樣晚了整整半個時辰後，姜婉寧怕他們誤了午膳，只能人為制止，表揚過後，放所有人下學。

如此，才有無名巷的幾十個孩子蜂擁而出的畫面。

當天下午，好多人家都出現了相似的一幕——

「爹、娘！你們快來！這是我的名字！你們快看！」

若是姜婉寧在，定能一眼看出，他們循著記憶寫出的字並不正確，有形無神亦無意，只是瞧著模樣差不多罷了。

但他們的爹娘不知道。

因此很難得的，這些慣會頑皮挨罵的小少年們得了爹娘的讚賞，被揉著腦袋大呼「祖上保佑」，還賞給他們幾枚銅板拿去買糖吃。

孩子高興了，爹娘也高興了，這家裡自然也就和諧順意了。

姜婉寧並不知道旁家的事，她此時被大寶和龐亮一左一右地纏著，一人晃她一邊的胳膊，耳邊全是稚嫩的哀求聲。

「老師，我想跟大寶坐在一起，我不想自己坐嘛——」

「老師，我也想跟亮亮坐在一起，他現在離我好遠欸！」

林中旺遠遠站在一邊，他雖沒過來糾纏，可眼睛也時不時往這邊瞧一眼，視線不停地在龐亮和姜婉寧身上流連。

姜婉寧注意到了，瞬間明白了他的意思——他也想跟龐亮坐在一起。

倒不是因為什麼親情、友情，單純是因為他在這兒只有龐亮一個熟人。

可惜兩個小的磨了半天，也沒能叫姜婉寧鬆口。

她叫兩人面對面站在一起，很明顯可以看出大寶高出半個頭去。

姜婉寧說：「你看你們兩個都不一樣高，要是把亮亮調到大寶你那邊，亮亮就要看不見老師了；要是把大寶調去亮亮這邊，那大寶就會擋住後面的同窗。」

「啊……」兩個小孩並非那等不通道理的，聞言只好哭喪著臉。

至於林中旺，姜婉寧抓了抓他的掌心。「學堂裡有好多跟你一個年歲的少年，你記得坐你旁邊的曲大郎嗎？他跟你一樣大，你可以試著跟他交朋友喔！還有其他人，說不定就能交到很好很好的夥伴呢！」

反正連說帶騙的，最後幾人總算不嚷嚷著換位子的事了。

今日下午姜婉寧要去巷子口替人寫信，思量過後，把大寶和龐亮留在家裡，只帶了林中旺過去。

有陸奶奶留在家幫忙看著兩個小孩，她也能放心許多。

今日的寫信攤前不光有來寫信的客人，巷子裡的居民經過也會停一停，探頭探腦地看上一會兒，最後很滿足地離開。

姜婉寧不是很懂他們在滿意些什麼，但既然他們沒有打擾到這邊，也沒有多餘地提及什麼學堂之事，她也就沒多在意。

就這樣，上午學堂、下午寫信，姜婉寧錢沒賺到幾個，人卻是疲累了許多，眼看著才養起來沒多久的身子又瘦了下去，不等她先說什麼，陸尚卻是不高興了。

「這樣不行！」到了上課的時間，陸尚閃身擋在她面前。

姜婉寧昨晚沒睡好，精神正是恍惚，一不留神，竟然直接撞在他身上，被陸尚托了一把，方才沒摔下去。

「啊？」她險些摔倒也沒回過神，望著陸尚的眼裡還是迷茫的。

陸尚氣笑了，當即什麼也不說，彎腰將她打橫抱了起來。

姜婉寧不禁驚呼出聲，等再回神，已然被放回了床上，眨眼間連薄被都蓋好了！

陸尚瞇著眼睛說：「睡覺。」

「睡……」姜婉寧看著他的目光裡全是疑惑。「可我還要去上課呀！」

「上課？」陸尚抬起她的手，輕輕一捏，掌心裡又全是骨頭了。他越捏越是生氣，憤憤地問道：「昨兒我帶回來了烤鴨腿，前兒我帶回來了鮮肉餅，大前天我帶回來了燉雞，就不說再往前的了，這麼多東西，阿寧都吃去哪兒了？」

姜婉寧一開始還以為他是在質問那些東西的去處，面上不禁一白。

可她很快又回了神，不是大家一起吃了嗎？

她循著陸尚的目光看去，腦子慢吞吞地轉著，恍然明白了他的意思。「吃、吃去肚子裡了？」

陸尚反諷道：「我看是都吃去學堂了吧？我這辛辛苦苦養了一個多月，好不容易養出來一點肉，這才幾天又都瘦回去了！往後一日三餐是不行了，阿寧得加餐，改一日六餐！」

此話一出，姜婉寧忍俊不禁。

見她終於露出笑模樣，陸尚也繃不住了，用力揉了揉她的手腕。

「我不是要拘著妳，可妳顧著學堂、顧著寫信，更要顧著自己呀！今日不是只有學堂嗎？妳留在家裡好好歇著，我去替妳上一堂課。再過些日子就是大寶他們的月假了吧？到時連學堂一起放了，我帶妳去周邊轉轉。正好豐源村的河蟹都肥了，我們去捉點河蟹、蝦子回來，我給妳做辣炒河鮮，若有機會再喝一點清酒。妳要忙自己的事業，我是一百個支持，妳總跟家長們說要勞逸結合，但怎麼到了妳這兒就忘掉了？」

經他這麼苦口婆心的一番勸說，姜婉寧也覺出幾分愧意來。「那我、那我今天不去了，我在家好好歇著。」

「這就對了。」陸尚去倒了一杯清水來，放在床頭供她睡醒時喝，又隨口問了兩句學堂裡的進度，看時間差不多了，便起身過去代課。

姜婉寧本就神思混沌，又被這麼勸了一通，饒是心裡不安，卻也沒再多想什麼，閉上眼睛沒多久，便重新沈入了夢鄉。

第二十章

學堂這邊，陸尚的到來叫孩子們又驚又喜。

女夫子的相公是個秀才，這是整個無名巷子都知道的。

他們能跟著姜婉寧學寫字，尤其是這些天來實實在在學會了點東西，已經是很滿足了，誰承想有朝一日，還能得秀才公的親自教導！

便是大寶和龐亮，在陸家學了將近兩個月，也沒能得他指導一次呢！

陸尚雖沒有教書的本事，也不敢拿出他那手爛字，可畢竟是跟著姜婉寧日夜不休地學了一個多月，給他們唸唸書還是可以的。

他在姜婉寧的案桌上挑了最簡單的一冊書，粗略翻了翻，見裡面的字能認個大概，便選下這一本，連刪帶減地，給孩子們唸了兩刻鐘。

等把他們唸得昏昏欲睡了，他又輕咳兩聲。「那行，接下來你們就練字吧。你們夫子之前教過的那些字，先每個字練上十遍、二十遍，然後我們再進行下一項。」

許是秀才公的光環太深，饒是孩子們早已經寫得滾瓜爛熟了，也沒有人提出異議，但最後完成的速度快了些，引來陸尚的一陣驚奇。

他看了眼時辰，距離下學還有一個半時辰，再繼續練字、唸書，實在有些敷衍了，因此他琢磨半天後，問道：「你們可學過算數了？」

「學過兩堂。」最前頭的那個把之前學的講了一遍。

陸尚眼睛一亮，當即拍板。「那今日我們就學算數！雞兔同籠的故事聽過吧？哎，咱們不用那等複雜的法子，今日我再教你們幾個其他算法！這算法比尋常法子可要簡便許多，科考場上興許不大適用，但等將來你們做了帳房、管事之類的，這樣能省上不少時間……」

姜婉寧尚且不知陸尚教了些什麼旁門左道，反正當日下學後，大多數人都帶了一臉的困惑，被家長拽住問上一句，他們也只會說——

「秀才老爺難怪是秀才老爺，今兒我聽了半天，好像聽明白了，又好像亂了什麼……」

「秀才老爺？今天不是女夫子給你們講課嗎？」

「不是啊……秀才老爺說夫子生病了，他來給夫子代課。」

託陸尚的福，當天下午，巷子裡的鄰居們就往陸家送了東西來，什麼肉、菜、蛋、奶，還有一些生病時常吃的，沒什麼貴重物品，卻是對姜婉寧的一片心意。

經此一事，姜婉寧雖還是對學堂和書信攤子多有上心，可也會顧及自己的身體了，稍有不適便會停下緩緩，或者索性告假歇上兩日，叫陸尚過去代個課。

因街坊鄰居們對陸尚的評價還不錯，孩子們也說還好，姜婉寧便沒懷疑。

自平山村的獵戶們做了物流隊的長工後，陸尚於送貨上省了可不是一點半點的心，尋常時候有陸啟幫忙盯工，另有詹獵戶輔助著，這送貨的時間是一日早過一日，送去觀鶴樓的蔬菜也越發新鮮水靈，魚兒都更活潑了。

這麼一日日地過下去，陸尚每日的進項也十分穩定，拋去日常開支和給工人們預留的工錢，每日能存下一百文，一個月就能攢三兩，這還不算肉鴨的。

但他這一閒下來，就忍不住尋思些其他賺錢營生。

轉眼進了九月，酷夏消去，傍晚黑夜裡漸漸多了涼意。

這天一大早，陸尚和姜婉寧一起練完一套健身體操後，突然聽見假山後傳來陸奶奶的驚呼聲——

「生了生了！生了七、八隻呢！」

兩人過去一看，原來是母兔子下崽了。

尋常母兔生產多半在三十天左右，可他家的兔子硬是拖到了三十七、八天才產出，要不是看牠每日吃吃睡睡並無異樣，陸尚還以為牠懷了一窩死胎呢！

好在拖了這麼久，總算生下來了。

這麼一合計，他們搬來鎮上也有一個多月了，誰能想到，就這麼短短四十多天，家裡開了書信攤子、辦了學堂，另有字帖、物流等生意備著，衣食無憂。

新生的兔子家裡只留了兩隻母兔，剩下的全送人了，大母兔也留著，至於那隻大公兔，陸尚尋了個天朗氣清的日子，做了一鍋兔煲。

姜婉寧本就不善飼養這些，如今她又忙著，全靠陸奶奶照看。

老太太畢竟上了年紀，陸尚給她留了雞、鴨、鵝，好歹還能看個家、下個蛋，再就是以此為藉口，叫她少想什麼回陸家村的事，這些家禽的數量剛剛好。

九月初十，學堂裡放了假。

陸尚還記著他答應過姜婉寧的，學堂放假當日，他便帶她出了門，跟著運貨的物流隊，一同去了豐源村。

往常他跟車的時候都會找長工們聊一聊，問問他們在鎮上住得可習慣？再似有若無地打探一些運貨途中的事。

只是今日有了姜婉寧在，他除了最開始跟大家打了個招呼，後頭根本沒理他們一句，便是陸啟過來問好，也被他隨意打發了。

從塘鎮到豐源村這一路，陸尚已經走了不知多少趟。

直到今日，他偏走出幾分樂趣來。

車夫把驢車趕得極穩，他和姜婉寧獨坐一車，從出了塘鎮就一直在給姜婉寧介紹路上的見聞，便是路邊的一個涼茶攤子都能叫他說上好半天。

姜婉寧同樣看得稀奇，若是碰上其他村子，才問上一句，陸尚就已經把這個村子的特產和奇人奇事都講了出來，最後再得意地說一句——

「就塘鎮周邊的村子，沒有一個是我不熟知的！」

姜婉寧很捧場地說道：「夫君好生厲害！」

「咳咳——」陸尚是什麼反應暫且不提，反正前頭趕車的車夫是恨不得找兩把稻草將耳朵給堵上了。

這陸秀才平日看著冷冷清清的一個人，怎一碰上家中媳婦兒，這話就又多又密了呢？

到了豐源村後，陸啟和詹獵戶帶著長工去上貨，陸尚則帶著姜婉寧去養有河蟹的河邊摸魚、捕蟹、捉蝦。

因為是村裡的大老闆，他們兩人吃點蝦蟹，村民也不肯收錢，只叫他們隨意捉，撈上多少算多少，全帶回家裡去！

姜婉寧身著襦裙不好下水，陸尚就沒那麼多顧慮了。

他把褲腿挽到膝蓋以上，直堂堂地跳進河裡去。

姜婉寧只管跟在他後面裝蝦蟹，偶爾還能撈上來幾條小魚苗，又被陸尚丟回去了。

豐源村的這條河是天然的，但被村民們在半道截住，用作養魚、養蝦、養蟹。

河蟹不如海蟹鮮甜，但肥美更勝一籌，尤其是其中膏脂，做成蟹子醬亦是別有一番風味。

陸尚捉了人家的蟹，便以蟹子醬的製作方法當做報酬。

養蟹的這戶人家趕緊記下來，記好後對著陸尚再三道謝，還把一大早剛撈上來的蝦子全送給了他。

等物流隊那邊上完貨，陸尚和姜婉寧也是滿載而歸，兩人一人拎著一個竹筐，裡面全是最新鮮的河蟹和蝦子。

陸尚邊走邊說：「眼看到了吃蟹的時節，就是不知道觀鶴樓那邊要不要做蟹的法子？」

「夫君怎會這麼多食譜？」姜婉寧實在好奇。

想他一個讀書人，改做生意尚且能說天生有經商的頭腦，可這做飯做菜，總不能也是天生的吧？

陸尚腳下一晃，磕巴地說：「我、我也是從書裡看來的，之前不知在哪兒看了一本雜食集，裡面全是些新鮮吃法，我一時新奇，便給記下來了。」

「原來如此……夫君忘了文字、忘了書冊，竟還能記得食譜。」

姜婉寧只是隨口感嘆一句，卻叫陸尚生了一身冷汗，後半程路說話更是小心了。

等從豐源村離開時，陸尚才知道，今日還要去陸家村運些桃子。

他和姜婉寧商量片刻，決定也跟著走一趟。

到了九月，基本上所有桃子都熟過了，陸啟家常年種桃，對桃子的保存也有一手，可便是保存得再好，能滿足觀鶴樓要求的鮮桃也不多了。

去往陸家村的路上，陸啟好不容易尋了個空檔，同陸尚說起正事來。

陸啟說：「等送完這一趟，我家就沒有能供給觀鶴樓的桃兒了。陸大哥，你看觀鶴樓那邊該怎麼說？」

「自然是該怎麼說就怎麼說了。」陸尚很是坦然。「蔬菜、水果這些本就是看時節吃的，不光你家的桃兒，就連豐源村的蔬菜，等這月結束，也要換上一批了。等今天到了觀鶴樓我去跟福掌櫃說，看看後面該怎麼弄。我記得陽寧村有種大片棗樹吧？陸家村可有種棗的人家？」

陸啟想了半天。「只陸大山家種了幾十棵，數量不算多。」

陸尚說：「那就算了。等跟福掌櫃談完後我去陽寧村走一趟，趁著有新下來的棗子，看能不能從他們那裡買些棗兒。」

「陸大哥，你這是又有新主意了！」陸啟十分佩服。

然陸尚只是擺了擺手。「還沒準兒呢！行了行了，快去你自己車上，我這邊忙著呢！」

陸啟被趕了也不生氣，嘿嘿一笑，大聲說：「那行，我走了陸哥！嫂子，一會兒見！」

「亂喊什麼呢……」陸尚小聲地唸了一句，可也沒有再糾正什麼。

因要去陸家村的緣故，姜婉寧的興致降了許多。

直到快到村口的時候，陸尚靠近她問：「是在擔心王氏？」

姜婉寧誠實地點了點頭。

陸尚嗤笑一聲。「她早就自顧不暇了，便是我們回家，她估計也沒時間出來……」

自那日王翠蓮跟龐大爺告狀後，陸尚就狠狠記了她一筆。

前不久他跟著過來拉桃兒時，剛好在村口碰上被打得鼻青臉腫的王占先。

陸尚一瞇眼睛，立即親熱地湊了過去——

「欸這是誰呀？這不是舅舅嘛！哎呀，舅舅，好久不見，你這是怎麼了？」

王占先看了他好半天，才想起他是誰，當即啐了一口。「你還說！」他先是罵了陸老二等人，又罵了親姊姊王氏，最後不禁將主意打到了陸尚身上。「乖外甥啊，我聽說你在鎮上賺了大錢，你看你能不能借舅舅一點？等以後舅舅賺了錢，一定翻倍還給你！」

「哎喲，我的好舅舅啊，你在說什麼呢？我之前就聽說你在鎮上欠了錢，還被人給打了，我可是記掛得不行呢，手裡有了銀子後當即就給二娘送去，叫她先幫你把錢給還了！怎麼，難道二娘沒有把錢給你嗎？」

「什麼錢？這是什麼時候的事啊？」王占先懵了。

「就前幾天啊！大概有個七、八天吧？我也是回家才知道二娘回來了。怎麼，舅舅你最近沒去找二娘嗎？」

陸尚怕被陸家人纏上，最近很少會進到村裡來，可他說起謊話來，卻不見絲毫心虛，一言一語，信誓旦旦的，假的也給說成了真的。

「我昨天才去過啊！」王占先心存懷疑。「可姊說她沒錢了。」

「二娘糊塗啊！錢再怎麼重要，難不成還能比過人命去？肯定是二娘把錢藏了起來！我明明才給了她十兩銀子，好叫舅舅你還錢的。」

陸尚每一句話都在煽風點火，說了沒幾句，果然就見王占先惱了。

「臭婆娘！就這樣還說我是她的命？我看她是想要我的命！」王占先捋起袖子就往陸家去。

陸尚站在村口，漸漸斂了面上的表情，一雙黑漆漆的眸子看來格外暗沈。

姜婉寧聽了陸尚說起這些天陸家的一連串變故，也虧得陸奶奶搬去了鎮上，不然留在家裡，還不知會被氣成什麼樣子。

聽陸尚講明前因後果，饒是姜婉寧不清楚後續，也不禁打了個寒顫。「那現在……」

陸尚搖了搖頭。「我只聽陸啟說，第二日王占先提了好多東西去陸家賠罪，又說之前對不起王氏，要請王氏回家住上兩天，姊弟倆抱頭哭了好久，王氏便跟著他回家去了，再後面我就不知道了。最近我不怎麼跟物流，也沒怎麼回來，便不清楚陸家的情況。不過我最近在賭坊門口沒見過王占先，想必他那邊也不好過。」王占先既然不好過，王氏自然也不會有什麼好下場。

至於說王占先真心悔過？

一個賭徒，最不可信的便是他的悔悟之心了。

到了陸家村後，陸尚和姜婉寧才知道，原來竟是他們想得太輕了些。

自王氏被王占先帶回王家去後，一連五、六天都沒再回來過，最後陸老二嫌家裡沒人幹活，親自找上了門，才知道原來王氏早就不在了！

王氏被王占先虐打了三天，王占先見實在從她這裡摳不出錢來，索性一不做、二不休，直接將她發賣了換錢！

王家二老對此有點不贊成。

可王占先卻撂下話來，說「要不賣了她，要不就看我死！你們自己選吧」。

毫無疑問地，二老選了前者。

也不知王占先從哪裡找來的關係，竟是層層周轉，把王氏賣給了隔壁鎮的富貴人家，給他家死了好幾年的老太爺做冥妾！

王氏今年也有三、四十歲了，很少還會有人家買她做填房，王占先打聽了好幾家，見價格實在太低，方才起了冥婚的念頭。

在他們陸家村，再貧窮的人家也不會沾染冥婚這種事的，折活人陽壽不說，據說還會壞了自家的風水。

可王占先窮途末路了，哪裡還顧得上這些？

那位死了好些年的老太爺生前是有妻妾的，可人都死了還不安生，家裡不知怎的，這兩年竟給他尋起冥妾來，不拘年紀，只要是女人就行。給的價格也高，像王氏就換了足足三十兩。

三十兩不光能還光王占先欠下的賭債，還能叫他有繼續賭博的本錢，他哪裡還有半分遲疑？連夜就把王氏送去，之後生死再與王家無關。

也就是陸老二找來了，才知道自家媳婦兒已成了別人家的。

毫無疑問地，陸老二當場就鬧了起來。

王氏不好歸不好，可畢竟跟陸老二過了這麼多年，又是好幾個孩子的娘，便是留個不花錢的幹活婆娘，也不能叫她沒了啊！

負責說事的村民打量著陸尚的神色後，輕「嘖」一聲。「陸老二說那是他給了聘禮娶回去的媳婦兒，誰知王家忒不要臉，咬死了他們沒去衙門合籍。咱這鄉裡鄉村的，有幾家結婚還合籍改籍的？人嫁過去不就得了，誰願意沒罪沒狀地往衙門湊啊？不過照王家的說法，陸老二便是鬧去了縣衙也不占理。」

「這……」事情發展得太過離奇，陸尚一時間啞口無言。

兩人跟村民道了別後，實在無法，只能先回家一趟。

等他們兩個走遠了，在村口說閒話的村民們這才話音一轉——

「還別說，這去了鎮上的人就是不一樣，你看陸家的病秧子才搬走多久啊，氣色都紅潤了！」

「何止啊？你看他家買來的那媳婦兒，穿的可比你我好多了，還是有錢啊！」

「早知道當初我還不如叫我姪女嫁過去，熬上個一年半載的，如今也能跟著享福，哎，真是失算了……」

很快地，陸尚和姜婉寧到了陸家。

許久不曾回來，陸家看著沒什麼變化，但好像也變了許多。

走進院裡一看，院子裡亂糟糟的，陸奶奶和陸尚的房門敞開著，裡面積了許多灰塵。

陸尚不覺皺起了眉頭。

就在兩人進門沒多久，忽然聽見側面傳來驚叫聲，回頭一看，正是馬氏從廚房走了出來，她手裡拿著鍋鏟，把孩子綁在後背上。

孩子正在大聲哭鬧，馬氏哄了半天不見好，這才出來。

馬氏愣了片刻，當即大喊：「陸顯、爹！大哥回來了！」

只聽屋裡一陣亂響，幾個房門先後打開，不光陸老二和陸顯出來了，就連剩下的幾個孩子也站了出來。

陸尚粗略打量了一遍，也不知是因為王氏不在還是因為家中遭變，幾個小的邋遢了許多，眼睛空洞無神，全躲在門口看著外面。

陸老二和王占先起了衝突，兩人打鬥間他也受了傷，見到陸尚時面色更是難堪，忍不住罵道：「你老子都快被人打死了，你還知道回來！」

陸尚回來是帶了兩分同情的，可被這麼一罵，本就脆弱不堪的表面父子情頓時散了個乾淨。他冷眼旁觀，並不應話。

正這時，陸顯和馬氏女兒的哭鬧聲越發高昂起來。

陸老二被煩得不行，又是怒吼一聲。「哭哭哭，整日只知道哭！我這還沒死呢，天天哭喪啊？還不趕緊滾進去！」

馬氏被嚇得一個激靈，趕緊把手裡的鍋鏟放下，又費力地把背後的女兒解下來，摟在懷裡輕聲哄著。

姜婉寧的目光自回來後就一直落在馬氏和她背後的孩子身上，她趁無人注意時幾次擺手，可越是擺，她的神色就越是惶然。

馬氏低聲說了句什麼後，摟著孩子跑回房裡。

直到馬氏和孩子的身影完全被房門遮擋住了，姜婉寧也沒能收回目光。

四個小的怕被陸老二遷怒，見狀也紛紛躲回屋子裡，最後只剩下陸顯遠遠站著，卻也不敢插手陸老二和陸尚之間的事。

半晌後，陸尚終於開口了。「我聽說二娘不在了？」

一聽這話，陸老二頓時炸了。

「你還敢跟我提她？那個賤婦！我早跟她說過離她娘家遠點，她就是不聽！如今被人賣了，難不成還想叫我去救她？作夢！老子當年娶她就花了五兩，這些年被她拿回家的東西多了去，如今她不在了更好，往後再也沒有偷東西的家賊了！

「還有你，陸顯！你別以為我不知道你在想什麼？王氏既然做了別人家的妾，那就休想再回我陸家，你也不許去救她！還有屋裡躲著的，你們有一個算一個，要是叫我知道你們誰敢去找她，我就打斷你們的腿！」

陸老二躁怒且瘋狂，一瘸一拐地踹開陸光宗他們的房門，進去對兩個小的展開新一輪的教訓。

陸尚回來是要看看家裡的情況，要是陸老二不甘心，也不介意帶陸老二去衙門走一趟，看看能不能叫王家吐出些銀錢來。

可如今見陸老二這個模樣，陸尚頓時歇了所有心思。

趁著陸老二對著家裡其他人大呼小叫時，陸尚牽起姜婉寧的手，悄無聲息地從家裡離開了。

至於陸老二發現他離開後又會如何震怒，反正陸家也沒有知曉他現居地的，到最後也不過是無能狂怒。

從陸家離開後，姜婉寧忽然拽住了陸尚的袖口。「夫君，你注意到了嗎……」

「怎麼？」

「小孩的眼睛……她好像看不見東西。」姜婉寧之前就覺得不大對，今日一見，卻是證實了她的猜測。「之前我就見她的眼睛彷彿蒙了什麼，但沒靠近過，便以為是我看錯了。今天再看見她，才發現她的眼睛灰濛濛的，右眼已經蓋了白膜，我在旁邊晃手她都沒有反應。」

「什麼?!」陸尚對家裡的小嬰兒並沒有注意過，聽聞此言卻不免震驚。可他們已出了家門，總不好再回去。片刻後，陸尚說：「等以後碰上陸顯時我再問問他吧，那孩子……」暫且不論治不治得好，便是能治，只怕其中需要的銀錢也不是一筆小數目。

因陸家這一趟，陸尚和姜婉寧的興致是被徹底解除了。

等物流隊那邊把鮮桃裝好，他們更是一刻不多留，趕緊離開了此地。

當天，陸尚跟福掌櫃談及了鮮桃和蔬菜的替換問題，又提出以脆棗代替鮮桃，得了福掌櫃的應許，這幾日就可以開始替換了。

還有河蟹和蝦子，因為還不到吃蟹的最佳時節，尚要晚些再談。

回家之後，陸尚抓緊時間處理好河蟹和蝦子，一部分白灼或清蒸，另一部分做成香辣蝦和香辣蟹。

姜婉寧確實對辣口更偏愛一些，且她年紀小，便是吃多了辣的，皮膚也沒什麼變化，身子也無不適，既然她喜歡，陸尚也樂得偏寵兩分。

而他和陸奶奶自然只能吃白灼蝦和清蒸蟹了。

從觀鶴樓回來時，陸尚討了兩瓶蟹醋，將肥美的河蟹沾著蟹醋吃，滋味更佳。

可惜蟹性寒涼，陸尚注意著分寸，看姜婉寧和陸奶奶吃得差不多了，便叫她們停下了，剩下的河蟹撥出蟹黃，等著炒蟹子醬。

而蝦子倒是無礙，當天吃最是鮮甜。
一日奔走後，陸家的小院陷入一片黑暗，月光皎皎，灑落在小院裡。
轉日陸尚本還想帶姜婉寧出去轉轉的，哪知沒等他們出門，家裡就來了客人。
馮賀一身風塵，面上卻是難以掩飾的興奮之色。「我已處理好家中瑣事，陸兄，我來找老先生唸書了！」
老先生本人姜婉寧不禁後退半步，將大半個身子都藏在了陸尚身後。
陸尚滿臉的一言難盡，好不容易才開口說：「不是說好只書面指導嗎？」
「我知道啊！」馮賀左瞧瞧、右看看，見陸尚左右兩家都住了人，面上一陣失望。「但陸兄不是老先生的弟子嗎？我就想著跟你一起住，這樣先生若有個什麼指導、點評的，我也好第一時間知曉！再者，以我的資質，只怕無法領會先生大才，有陸兄在旁，屆時我也好找你請教，這樣才不會枉費老先生的一片指導嘛！」
陸尚只記住了一句話。「跟我一起住？不是，少東家，非我不願接待你，只是我家這幾間房都住了人，實在沒有多餘的客房了呀！」
「我知道、我知道，我是想在這邊的巷子裡買一套房，能離陸兄近些就好。我已經差人去牙行詢問了，最晚下午就會有答覆。」
他已然是打定了主意，跟陸尚寒暄完，還不忘跟姜婉寧打個招呼。

就在陸尚思量著怎麼勸他離開的時候，卻聽馮賀又說——

「對了陸兄，之前福掌櫃不是說要安排一次商宴，邀請塘鎮及周邊村鎮的商戶參宴嗎？我已經在聯繫了，如今已經有十幾戶人家說好會參加，等湊齊了三十戶，我就差福掌櫃安排，到時我也好給你引薦一番。」

陸尚立即一改前頭的不情願，上前兩步拉住馮賀的手。「少東家實在是費心了！你看你，還買什麼房子？這不，我家還有一間書房，少東家要是不嫌棄，我把書房給你改成臥房也行！」

馮賀一心都放在唸書上，並沒有注意到陸尚態度的變化，但他想了想，還是搖頭。「且等小廝從牙行回來吧，我還從家裡帶了僕從來，只怕不好叨擾陸兄。」

反正陸尚已經表示了善意，至於他接不接受，那便是他自己的事了。

馮賀大清早過來也只是想跟他們打一聲招呼，日後做了鄰居，也好常有來往，如今招呼打過，他尚要去處理一些瑣事的尾巴。

陸尚高興地跟他道了別，目送他遠去後，轉身就把姜婉寧拉回院裡，大門一關，忍不住抱了她一下，又很快鬆開。「阿寧！」

「欸？」姜婉寧被嚇了一跳，可等身前背後的觸感消失，又驀然有些悵然若失。

陸尚早就想擴展生意了，如今馮賀送上門，正是給他提供了機會！只是高興之後，他又有些糾結為難。

正巧姜婉寧問：「那位馮少東家……住得太近會不會不太方便？」

陸尚想了想，到底還是選擇了先顧著自家人。

「不用管他，莫說他不跟我們一起住，便是真住在一個院子裡，他總不會擅自入我們的房間，到時妳只管在屋裡，再有什麼不方便，不還有我代為傳話？不過妳如今守著學堂和書信攤子，再有書肆的字帖纏著，萬不可又在他身上投入太多精力。所幸離院試還有段時間，妳看看是半月指導一次，還是一月指導一次即可。」

之前應了馮賀求教的請求，那是因為姜婉寧只帶了兩個孩子，其餘時間多有閒裕，多教一個人也是無礙的。

可如今她身兼數職，整日比陸尚還忙，若非是要借馮家的東風，且答應好的事不好反悔，陸尚根本不想叫她再操這份心。

這休息的時間本來就不多，再添一個要考秀才的，可不是更累人了？

再說了，非是陸尚有偏見，可一個唸了十多年書都沒能過院試的人，怎麼也不像是唸書的料子，日後還不知要在他身上花費多少精力呢！

姜婉寧了然，心下稍安。「我會安排好的。」

他們並沒有在這上面糾結太久，很快便重新出了家門。

這一天，兩人沒有出塘鎮，就在大街小巷走了走、看了看，嚐了些新鮮的吃食，又買了點不值錢卻精巧的小玩意兒。

念及姜婉寧已經很久沒有穿過新衣裳了，便是家裡那些，也多是旁人剩下改來的，陸尚暗罵自己疏忽，轉身就把她帶進成衣店裡。

依著姜婉寧自小養成的眼光，這整個成衣店也沒有真正能叫她心動的衣裳，可考慮到家中情況，便是那僅售三錢的襦裙也會叫她猶豫許久。

看了一圈後，她還是想買布料回家自己做，這樣就能省下將近一半的錢。

哪知等她說出打算，陸尚當即一扭頭，直接把店裡的夥計招呼來。

陸尚指了指姜婉寧，問道：「可有適合她穿的衣裳？」

「尊夫人氣質天成，自是穿什麼都好看！」夥計一邊說著，一邊挑出店裡最貴的幾件衣裳來，往姜婉寧身前一比劃。「您看，夫人穿這件錦裙多合適啊！」

衣裳當然沒有不合適的，可若要加上價格合適的，那便不好挑了。

最後姜婉寧挑了三件裙衫，其中兩件都是素裙，只在袖口或裙襬的位置有一點裝飾，還有一套顏色明麗一點的上裳和如意裙，上下都是很亮的水粉色。

成衣店沒有給人試衣裳，只能將成衣在身前比劃一二。

可這一套水粉色裳裙一靠近姜婉寧，便顯得她整個人都亮了起來。

夥計當即大聲誇讚。「夫人穿這身真是好看極了，顯年輕又顯精神！夫人就是適合這樣的顏色，不如再挑兩件吧？」

陸尚被他說得很心動，最後一咬牙，終是將這一身買了下來。

三套衣裳共花了二兩銀子，兩件素裙都是只要四錢，只那套水粉的裳裙貴了些，可因料子只是普通，也沒有貴得太多。

待夥計包好衣裳後，陸尚很自然地接過去提在手裡。

出了成衣店，他又忍不住說：「等以後家裡再富裕些了，我便帶妳去買更好的。之前我聽誰提了一句什麼緞的，據說又輕巧、又舒服。」

「是妝花緞吧？」姜婉寧笑說道。

「對對對，就是這個！」陸尚記起來了。

姜婉寧只柔柔應了聲好，並未提醒他，那妝花緞多數只在京城流行，而一疋做工精細的妝花緞，往往能炒到上百兩銀子。

她早不是高門大戶裡的富貴小姐，比起那等過分奢華的綾羅綢緞，還是棉布更實在一些。

悠閒的兩天一晃而過，隨著學堂裡月假結束，姜婉寧和陸尚又相繼忙了起來。

昨日馮賀在陸家門口只露了一面，依著陸尚的想法，等他真正定下來，怎麼也要三、五天時間，哪料轉天出門時，就碰見了馮家的車馬和傭人。

就在他目瞪口呆之時，馮賀下了馬車，看到他後當即迎了上來。

「少東家這是？」陸尚試探道。

馮賀大笑。「昨日我在這邊買下了一套房子，叫下人們連夜打掃好了，如今正要搬家住過來呢！陸兄可有空閒？不如來寒舍小坐片刻？」

陸尚沒有拒絕，跟著他走到新居，在門口站定後有些疑惑。「我記得這裡之前是不是住了一對老夫妻？」

「是有人住沒錯，不過我用棠花街的一套鋪子和緊鄰的一座宅子跟他家換了過來，正好他們夫妻倆可在鋪子裡賣點小玩意兒，便爽快地換給我了。」

不光換了，甚至在半日內，完成了兩套房子的地契變更。

陸尚自來到大昭後還沒見過什麼富貴人，更是頭一次見到，原來富家公子行事如此爽利，且他手下有錢、有人，真有什麼主意，手下人便幫他辦妥當了。

聽馮賀講明過程，陸尚少不得羨慕許多。

馮賀新買的這套房子在無名巷中間靠外的位置，和陸尚家隔了十來戶人家，正是個不遠不近的距離。

進了家門口，陸尚沒有四處環顧，只管跟他進了堂廳。

也不知馮府是來了多少下人，這才一晚上，就悄無聲息地將新居佈置好了，小小一處宅子，臥房、書房、堂廳等一應俱全，院裡都擺了花草盆栽。

待下人奉茶後，馮賀便將所有人打發離開，等屋裡沒有第三人了，才聽他驚喜道：「敢問陸兄，可曾賞閱過先生的《時政論》？」

陸尚一怔，而後道：「粗略看過一些。」

馮賀眼睛一亮，只覺尋到了知己。「實不相瞞，前段時間我回府城後，曾請府上先生看過那冊著論，先生看後直呼珍寶，說《時政論》雖能在市面上尋到，可其中批註，絕非凡人可寫！我那先生乃是舉人出身，連他看過後都說其批註嚴謹深邃，非區區舉子所能領悟，而能寫出這等批註者，定為德高望重之輩。」更叫人激動的是，書冊上的批註墨跡尚新，偶有更改，卻更顯真實。「那位舉人出身的先生說，此批註定是老先生邊想邊寫，又或隨興之作，最後反便宜了我等。」

依著馮賀的水準，那書放在他手裡也沒什麼用，可照著舉人先生的說法，此書可遇不可求，留作傳家也無不可。

而舉人先生的一番話，無疑更堅定了馮賀拜師求學的心。

就連他此番能順利脫手家中生意，來此心無旁騖的唸書，也是因為那位舉人對老先生的推崇，才叫他父親願意多給他幾年時間。

陸尚不知其中還有這麼一回事，可這並不妨礙他越聽越是不得勁，怪聲怪氣地說了一聲。「原來如此……我也不知道先生的批註會這般珍貴呢！」要是早知道貴重成這般，他還不如留在家裡觀摩呢！

馮賀只是笑。「連舉人先生都難以讀懂的高作，陸兄沒能看出也不奇怪，就是不知道我有生之年能不能讀懂一二？」

院試分詩經義三部分，昨晚睡前姜婉寧便提到，需簡單看過馮賀的經義水準，因此留了兩道功課，叫陸尚代為轉交。

正好今日見了面，陸尚便把題目複述出來，又說：「先生叫少東家於十日內答出，到時再由我轉交與她，要先看過少東家水準，才好知道從何教起。」

馮賀趕緊記下。「我會盡快完成先生的考校，只是日後少不得辛苦陸兄了。」

「無妨無妨，不是什麼麻煩事。」陸尚忽然好奇地問：「仔細說來，還不知少東家年歲？」

「也是慚愧，我今年二十又五，本該成家立業的年紀，如今卻是一事無成，家裡說的親事也被我推去，惹得族中長輩多有不悅。」

陸尚一直被他「陸兄、陸兄」地叫著，早懷疑是不是被喊大了，如今一問果然如此。

他失笑道：「那少東家該稱我賢弟才是，我明年冠髮，比少東家略小幾歲。」

馮賀一下子愣住了。

陸尚少不得寬慰兩句，又討論了一番「老先生」對課業的嚴苛後，就此告辭。

這是馮賀要交上去的第一份功課，他緊張極了，說好等寫完初稿叫陸尚給指點指點。

陸尚嘴上應著，可這功課只要一到他手裡，毫無疑問，轉手就會到姜婉寧手中去，自沒有修改一說了。

從馮賀家出來後，陸尚沒有回家，而是去車馬行租了一輛車，徑自去了陽寧村。

與陽寧村的鮮棗合作談得很順利，又因他們村的棗子是市面上的第一批鮮棗，個大棗甜，價格上也能高上幾文。

觀鶴樓要釀醉棗，每月採購一回，一次就要足足上千斤，光是其中的間人費就有四錢，而陸尚還能從中抽利，一月下來也有一兩銀子了。

所謂積少成多，能多一文也是好的。

陽寧村的鮮棗替代了陸家村的桃子，而陽寧村和葛家村、豐源村都在一條路上，少了繞路的時間，貨物抵達的時間也早了將近一個時辰。

這樣走了兩天後，這天下工，詹獵戶攔住陸尚，瞧著有些拘謹。

陸尚問：「怎麼了？」

詹獵戶長嘆一聲。「這一晃我們來給老闆做工也有半個月了，每天住著好屋子、吃著好飯，連衣裳都有人幫忙洗，這個月的月初還領了工錢，按理說我們該更賣力給您做工的，可最近怎麼活越來越少了呢？我們不是說您的不是，只是這樣每天都有太多閒暇時間，反叫我們羞愧不已，總覺得不光沒報答了您，還白白浪費您的屋子、糧食和銀錢。」

陸尚還以為是出了什麼事，聞言不覺愣住了。

他往旁邊看了看，卻見其他人也點著頭，不禁又是好笑、又是欣慰。

不論怎麼說，這些人能在心裡記掛著他，總比招了一群只為自己的強。

他抬手拍了拍詹獵戶的肩膀，是在跟他解釋，也是說給所有人聽的。「最近的物流生意確實不多，這是因為我手裡只有跟觀鶴樓的合作。我也不瞞著大家，若是只給觀鶴樓送貨，二、三十人足矣，但現下我招來的長工足足有五十人，還有一部分等秋後也會過來，要說只給觀鶴樓送貨，實在多餘，但這並不是說許多人無用，只是尚未到大家賣力的時候。

「這月興許就是大家得閒的最後一段時間了，等下月定能有新合作，屆時你們就會被分到不同的運送道路上，從早幹到晚都不一定能做得完，這也是為什麼當初我說了，等日後還會漲工錢。」

聽了他的解釋，詹獵戶狠狠地鬆了一口氣，但他很快又說：「那這月沒那麼多工，我們也不能白白拿老闆的錢。既然以後會漲工錢，現在沒有活兒，當然也可以降工錢啊！我們聽老闆的安排，趁著現在活少也養足精力，不過工錢就不拿那麼多了。如今每日只上半天工，那我們就只拿一半的錢吧，等以後整日幹活兒了，再拿全部。」

「對對，詹大哥說得沒錯！」

「陸老闆，我們不能白拿這個錢，何況您還管我們吃住，已經很好了……」

詹獵戶的提議很快得來一眾人的響應，陸尚幾次想說話，發出的聲音全都淹沒在眾人的附和聲中。

為了叫他們安心，最後陸尚只能答應，暫且將這月的工錢減半。

只是長工的工錢是按月發放的，九月的工錢要等十月初才有，他便是現在答應了，到下次發工錢的時候仍能照發不誤。

而若能用幾分錢財買來這麼多人的忠心賣力，於陸尚來說只賺不虧。

與此同時，馮賀在無名巷子裡住了三、四天，粗略寫了一份初稿後，終於想起出門放放風了。

馮賀從書房出來後，自小在他身邊伺候的六順就湊了過來，問明他的打算後，當即一拍大腿。

「少爺，您總算是要休息了！我知少爺上進，可也不能日日悶在書房裡啊！正巧小的這兩日在周圍轉了轉，發現了點好東西，少爺您一定會感興趣！」

馮賀在書房抓耳撓腮了好幾天，那兩道經義題看似淺顯，可真動起筆來，他才發現自己根本寫不出東西，硬著頭皮翻了無數書冊，也只擠出了半張紙來。

就為了這次考校，馮賀已經熬了兩個大夜，如今眼下都是青黑的，對六順的什麼好東西根本提不起一點興趣。

馮賀撩起眼皮看了六順一眼，輕喝道：「走開，別擋我路！」

六順自小陪在他身邊，聞言也不害怕，便是讓開了路，還追在他身邊絮絮叨叨著。「少爺，您可別真不信！您就跟小的去吧，等見了您一定感興趣！」

「愛說不說，不說就不去。」

「哎呀，說說說，小的說還不行嗎？少爺您別回房啊！」六順趕忙說道：「小的這兩天出去買東西時發現，每日午時，巷子裡都會出現很多孩子，還都是從一個地方出來的。少爺您猜，他們這是去幹麼了？」

馮賀還是不理他的茬，站定等了兩息，看他還不說話，轉身又要回書房。

六順只好坦白道：「他們是去學堂了！」

「學堂？」馮賀終於起了兩分興致。「什麼學堂？我怎麼不記得這附近有學堂？」

「嘿嘿，小的就知道您感興趣，所以小的早就都打聽清楚了！」六順說道：「這無名巷子原本也是沒有學堂的，還是上個月才起了一處，就在巷子深處的一間倉房裡。而且這學堂裡的孩子都是巷子裡百姓家的，聽說那邊的夫子不收束脩，而是按日收學費，便是這學費也極便宜，一人一日只要兩文錢！」

馮賀徹底轉過身來。「什麼學堂只要這麼點錢？當真不是騙人的？」

六順表情誇張地說：「不止呢！少爺您一定想不到，這學堂不光學費便宜，便是那教書的夫子也不尋常，是個年紀比我都小的女夫子呢！」

年紀小，女夫子。

明明六順還沒有說與女夫子有關的訊息，可馮賀還是心頭一跳，隱約有了猜測。

馮賀皺著眉想了好久才問：「之前福掌櫃是不是打聽過陸尚家的情況？除了他以外，可有他那位夫人的信息？」

「有的吧。」六順回想了半天。「好像說陸老闆的夫人是家裡買來沖喜的，他那位夫人原是京中貴女，只是後來家道中落，全家流放，這才來到咱們這兒。再有其他……聽說那位夫人姓姜？」

馮賀的眼皮重重跳了一下，連忙問道：「你說他們什麼時候上課？」

六順看他果然感興趣，更是得意了幾分。「從早上到晌午，這個時間應該還沒下課呢，少爺是不是要去瞧瞧？」

馮賀隨手摘了手上的扳指，反手丟給六順。「算你小子還有點用，還不快快帶路！」

六順喜上眉梢，把扳指往大拇指上一套。「小的在呢，少爺這邊走！」

姜婉寧的這間學堂自開課後，從來只有延堂的情況，便是準時下課都是極少的，今日自然也不例外。

她剛教完最後三個大字，趁著孩子們在沙盤上練習的工夫喝了口水。

然就在她扭頭的瞬間，卻發現窗子後面站了兩人，正目不轉睛地盯著她。

姜婉寧被嚇了一跳，手上一個不穩，將茶盞打翻在地。

底下的孩子被驚擾，不約而同地抬頭看去，同時也看見了窗外的馮賀主僕倆。

姜婉寧身上被沾了水，只是手邊沒有能擦拭的東西，只能用手拂了拂，繼而再看向窗外，勉強勾了勾唇角。「馮少東家這是？」

馮賀全然沒有被發現後的窘迫，他先是對著姜婉寧一拱手，接著竟然跟學堂裡的孩子們打起招呼。

他從正門繞進來，站在門口問：「在下意外尋到此地，才知夫人大才，不知能否有幸蹭上兩堂課呢？」

當著這麼多孩子的面，姜婉寧不欲與他過多爭執，正巧最多再過半個時辰就要下學了，便是許他進來也不妨礙什麼。

因此姜婉寧微微點頭，道：「少東家自行尋地方坐吧。」

學堂裡空位不多，且多是在後排，而這邊的矮桌本就是為孩子、少年們準備的，馮賀一個成年男子坐下，少不得要蜷腿縮著，其實並不舒服。

可他渾不在意，目光始終追隨在姜婉寧身後，看她在矮桌間尋看、看她給姿勢不正確的孩子糾正，最後看她帶大家回顧了今天一整日的功課。

姜婉寧點了幾個人。「今天課堂上，這幾人的進步最大，下學後可以來找我領糖漬甜果兒。其他人也可以來看看他們的沙盤，爭取明天能更進步喔！另外，大家入學也有一段時間了，明天我將對大家進行一次模擬考校，主要就是考察一下大家這段時間的學習成果，考校成績會告知家長，還請大家做好準備。那今天的課堂就結束了，大家回家路上注意安全，勿要打鬧。」

往常的學堂裡，下學是最熱鬧的時候，然今天姜婉寧說完結束好久，還不見有人動彈。

然後，有人怯怯地問了一句。「那萬一考得不好呢……」

姜婉寧正在整理著案桌，聞言溫柔一笑。「我當然不會懲罰大家，只是大家的爹娘會如何，恐怕就不是我能約束的了。」

救命！

想到自家爹娘的撢子、掃把、小馬鞭，許多人皆是一陣激靈，忍不住哀嚎起來。

方才還平靜的學堂一下子熱鬧了起來。

尤其是那些平日裡懶散懈怠的，當即跳起來，四處找人幫忙。「兄弟！兄弟你幫幫我，你快把上月學的再給我講一遍——」

姜婉寧只是笑，招手把那幾個能領獎品的叫走，其餘的隨他們鬧騰。

只是這次大寶和龐亮沒能跟著走，他倆跟著姜婉寧多學了一段時間，學堂裡的好多孩子都是知道的，因此如今被人團團圍住，試圖打探考校的內容。

馮賀在後面坐著，神色看來有些發怔。

孩子們只顧著明日的小考，也沒人過來跟馮賀搭話，他又坐了一會兒後，這才趕緊起身追了出去。

——未完，待續，請看文創風1248《沖喜是門大絕活》3

2024年3月出版

千金好本事

文創風 1241～1243

沒有白吃的瓜，當然也沒有白占的便宜。
想欺負人，總不能什麼代價都不付，
她敲鑼搞事剛好而已，戲要熱鬧才好看嘛！

鑼聲一響，好戲開場／青杏

說到濛北縣的雨神祭慶典，蟬聯七屆的雨神娘娘沈晞可是大人物，
能踩穩三丈高的木樁，甩袖跳起豐收舞，誰不誇她一句好本事啊！
這全得感謝去世的師父，偷偷收了穿越的她為徒，調教成武功高手，
她才能藉著武藝自創舞步登場表演，賺賺銀子照顧疼愛她的養父母。
慶典結束隔日，她偷閒去河邊釣魚，竟撈了個美人……不，是美男上岸。
她一時善心大發，帶全身濕透的他回家換衣裳，卻遇歹人襲擊，
看似弱不禁風的美男立時替她解圍，好身手又讓她驚豔了一把，
原來他是大梁顏值最高的紈袴王爺趙懷淵，因離京遊玩而意外落水，
為報答她的救命之恩，他乾脆幫到底，孰料審問歹人時挖出天大的八卦——
她的身世不簡單，並非普通的鄉野村姑，居然是侍郎府的正牌千金 ?!

2024年2月出版

文創風 1235～1237

嗆辣廚娘真千金

不管是不是「郡主」，廚藝方為立身的根本！
既要發展餐飲事業，又要面對競爭對手的威嚇跟殺手的追擊，
她這個鄉野出身的小姑娘，也招惹太多怪人了吧……

劇情布局操作高手／咬春光

除了一身傑出的廚藝，沈蒼雪最佩服自己的就是唬人的功夫，
看看，財主家的兒子不就被她三言兩語哄得一愣一愣，
輕易就跑回家拿出大筆資金供她創業了嗎？
說起來，開間包子鋪、賣些吃食的對她而言根本是小菜一碟，
畢竟她穿越過來之前年紀輕輕就獲得料理比賽冠軍了，
真正需要花心思的，反而是在如何訓練出好員工。
瞧聞西陵這小子，模樣跟體格都好，偏偏頂著一張死人臉，
好不容易將他「調教」成功，他卻要返京做回他的將軍?!
行，反正她也得去京城解開身世之謎、揪出害死養父母的凶手，
到時候可別怪她把他拎回臨安當他的「工具人」！

風 文創
1247

沖喜是門大絕活 2

國家圖書館出版品預行編目資料

沖喜是門大絕活 / 茶榆著. --
初版. -- 臺北市 : 狗屋出版社有限公司, 2024.04
冊 ; 公分. --（文創風 ; 1246-1249）
ISBN 978-986-509-510-9（第2冊 : 平裝）. --

857.7　　　　113002391

著作者　茶榆
編輯　黃淑珍
校對　吳帛奕
發行所　狗屋出版社有限公司
地址　台北市104中山區龍江路71巷15號1樓
電話　02-2776-5889～0
發行字號　局版台業字845號
法律顧問　蕭雄淋律師
總經銷　知遠文化事業有限公司
電話　02-2664-8800
初版　2024年4月
國際書碼　ISBN-13　978-986-509-510-9

定價290元
狗屋劃撥帳號：19001626
網址：love.doghouse.com.tw　E-mail：love@doghouse.com.tw